JN024741

意味がわかるとゾッとする
怖い遊園地

緑川聖司 作

新星出版社

園長からのご挨拶

ようこそいらっしゃいました。
ここは「意味がわかると怖い遊園地」です。
わたしは園長の、水無月キラ。
どうぞよろしくお願いします。

当園は、今年で創立五十周年をむかえる、歴史ある遊園地ですが、
最近、お客様のあいだで、こんなうわさがささやかれているそうです。

「あの遊園地にいくと、なにか不思議なことが起こるらしい」

どうやら、かつてこのあたりは、いわくつきの土地だったようです。
もちろん、お客様の安全には、万全の配慮をしております。
チケットはお持ちですか？
入園ゲートはこちらです。
それではどうぞ、
最恐の一日をお楽しみください。

もくじ

試運転　プロローグ1

「次は遊園地前、遊園地前に停まります」

バスの心地いいゆれに、一番後ろの席でうとうとしていたおれは、車内アナウンスを聞いてハッと目を覚ますと、降りる準備をはじめた。

九月最初の日曜日。

今日は朝から、臨時のアルバイトのため、O市にある〈ニュースターランド〉という遊園地に向かっていた。

おれの名前は四条シュン。現在二十五歳で、職業は役者の卵。大学卒業後も、就職はせずに劇団に所属し続け、アルバイトをかけもちして生活している。

今回は劇団の先輩から「単発で時給のいいバイトがあるんだが、よかったらどうだ？」と紹介されたのだ。

バスを降りてスマホで時間を確認する。

午前七時四十五分。アルバイトは八時からだ。

頭上には、雲ひとつない青空が広がっていた。

まだ開いていない入園ゲートの前で足を止めて、どうやって入ればいいのかとあたりを見回していると、

「四条シュンくん？」

すぐ後ろから名前を呼ぶ声がして、おれはふり返った。

黒のキャップをかぶった、ショートカットの女性が立っている。

「はい、そうです」

うなずくおれに、

「ちょうどよかった。あなたの指導を担当する尾崎です。今日は一日、よろしくね」

その女性――尾崎さんは、にっこり笑ってそう言った。

歳はおれより少し上だろうか。落ち着いた雰囲気の、感じのいい人だ。

一緒に通用門から園内に入って、バックヤードのロッカールームで水色の制服に着がえる。

開園時刻は午前九時なので、それまで仕事の説明を受けながら、案内してもらうことになった。

「四条くんには、ひとつの決まった仕事だけじゃなくて、いろいろ手伝ってもらう予定なの。けっこうきついと思うけど、大丈夫？」

「はい、体力には自信がありますから」

おれがうなずくと、尾崎さんはホッとしたようにほほえんだ。

「わからないことがあったら、なんでも聞いてね」

「あの……この遊園地って『出る』って聞いたんですけど、ほんとですか？」

おれは気になっていたことを、さっそく聞いてみた。

バイトが決まったことを、友だちに話すと、

「まじかよ。あそこ、『出る』ってうわさだぞ」

と言われたのだ。

「四条くんって、そういうのが見える人？」

「え？　えっと……」

尾崎さんに聞かれて、おれは言葉につまった。

じつは、子どもの頃は霊感が強くて、事故現場で血まみれの女の人を見たり、お墓参りでおばあさんの霊に手招きされたりすることもあったのだ。

大きくなるにつれて、そういうことも減っていって、二十歳を過ぎてからは、ほとんど見なくなったけど、今でもときおり町中でそれっぽい気配を感じることがある。

おれが、なんて返事をしようか考えていると、

「まあ、人がたくさん集まるところには、出やすいっていうからね」

尾崎さんはそう言って、肩をすくめた。

「たまに見えちゃう人もいるみたいだけど、普通に仕事してくれれば大丈夫だから。ちなみに、うちの遊園地に遊びにきたことはある？」

「今日がはじめてです」

「そうなんだ。あれが一番人気のジェットコースターで……」

そんな話をしながら、園内を案内してもらって、中央広場まできたところで、

ポッ、ポーーーッ！

どこからか、汽笛のような音が聞こえてきた。

ふり返ると、本物みたいな蒸気機関車が、こちらに向かってくるのが見えた。

園内をめぐるミニＳＬだ。

レールではなく道路を走るタイプで、シュッシュ、シュッシュとリアルな音をだしながら、ゆっくりと近づいてくる。

先頭車両には、おれたちと同じ水色の制服を着た人が乗っていた。

開園前の試運転かな、と思いながら端に寄る。

機関車の後ろに、二両の客車が連なっているんだけど、そのどちらにも人が乗っていた。

持ち場が遠いスタッフが、移動のために乗ってるのかな、と思っていたおれは、目の前を通り過ぎる客車の様子に、息を呑んでかたまった。

客車にいるのは、制服を着たスタッフではなかった。

まだ開園前だというのに、家族連れやカップル、年配の夫婦が乗っていたのだ。

しかも奇妙なことに、全員無表情で、こちらをじっと見つめている。

言葉を失っているおれの前を、ＳＬが通り過ぎていった。

「尾崎さん……」

おれがかすれた声をあげると、尾崎さんはにっこり笑って言った。

「ね？　普通にしていれば、大丈夫って言ったでしょ？」

九月最初の日曜日。

夏休みは終わりましたが、天気もよく、絶好の遊園地日和です。

たくさんのお客様をおむかえするためには、たくさんのスタッフが必要なので、忙しいときは、臨時でアルバイトを雇うこともあります。

役者をこころざす四条くんは、劇団の先輩に紹介されて、今日だけのアルバイトにきてくれたみたいですね。

先輩スタッフに園内を案内してもらう途中、満員のミニＳＬに遭遇した彼は、試運転と思ったようですが……。

まだお客様のいない〝はざま〟の時間帯。

当園では、このときだけ、人ならざる彼らのために「死運転」をおこなっているのです。

看板　プロローグ2

「お待たせー」

わたしが車の後部座席に乗り込むと、

「二人とも、忘れ物はない？」

助手席のお母さんが、体をひねって後ろを向いた。

「うん、大丈夫」

わたしは肩からかけた小さなバッグを、ぽんと叩いた。

「ぼくも大丈夫」

ひざの上でリュックサックを抱えた弟が、わたしの真似をして、ぽすんとリュックを叩く。

「よーし、それじゃあ、出発するぞ」

運転席のお父さんは宣言するように言うと、車を発進させた。

夏休みが終わったばかりの、九月最初の日曜日。

朝の八時過ぎに、わたしたち家族四人は車に乗って、となりの県にある遊園地、〈ニュースターランド〉へと出発した。

お母さんが、趣味にしているネット懸賞で、家族全員分のフリーパスつき入園券を当てたのだ。

本当は一等の一泊二日の温泉旅行を狙っていたんだけど、それは外れて二等が当たったらしい。

ニュースターランドまでは、うちから高速道路を使って一時間くらいかかる。

気軽にいくにはちょっと遠いし、近くにわりと大きな遊園地があるから、今までいったことがなかったんだけど、せっかくなのでみんなでいってみることになったのだ。

入園券は、今日しか使えない日時指定券だったけど、もともと温泉旅行に応募するつもりで都合のいい日程を回答しているので、予定も問題ない。

「菜月も来年は中学生だから、みんなで一緒に遊園地にいく機会も、もうあんまりないかもしれないわね」

お母さんがわたしを見て、少しさびしそうに言った。

弟の楽は今年一年生になったばかりなので、同じ小学校に通えるのは一年間だけだ。

早目に出発したおかげで、渋滞にあうこともなく、九時過ぎには遊園地のあるO市に到着した。

山のあいだから大きな観覧車が見える。


〈ニュースターランドまであと2㎞〉


看板にしたがって、片側一車線の細い道をしばらく走ると、〈ようこそ　ニュースターランドへ〉と書かれたアーチがあらわれた。

「お、あれだな」

お父さんの言葉に、わたしたちは後部座席の窓から身を乗り出した。

敷地がけっこう広いみたいで、アーチをくぐってからも道が続いている。

「なにか書いてあるな」

道にそって看板が立っているのを見て、お父さんが速度を落とした。


〈ご来園のお客様へ〉

〈マナーを守りましょう〉

〈ゴミはゴミ箱に捨てましょう〉

〈お友だちと仲良くしましょう〉


看板に書かれていたのは、来園者への注意事項だ。

「お姉ちゃん、あれって、なんて書いてあるの？」

弟の質問に、

「遊園地の決まりが書いてあるのよ」

わたしはそう答えると、少し間を置いてあらわれた、看板の最後の二枚を指さした。

〈今日は　ニュースターランドで〉
〈おもいきり　楽しんでください〉

「二人とも、看板に書いてあることをちゃんと守るのよ」

お母さんの言葉に、

「はーい」

わたしは手を挙げて答えた。

ようやく駐車場に到着して、空いているスペースに車を停める。

「チケットの引換券を、入園券と交換してくるわね」

お母さんがそう言って、お父さんと一緒にチケット売り場へと向かった。

ご来園
お客様
マナーを
守りまし
ゴミはゴミ
に捨てまし
お友だち
仲良くし

「なにから乗ろっか」

ひさしぶりの遊園地にわくわくしながらふり返ると、弟が暗い顔をしてうつむいていた。

「大丈夫？　車に酔った？」

声をかけると、弟は泣きそうになりながら、

「ぼく、死なないといけないの？」

とつぜん、そんなことを言いだした。

「え？」

わたしはびっくりして聞き返した。

「急にどうしたのよ」

「だって……」

「そんなこと、あるわけないでしょ」

足を止めてうなだれる弟の肩を叩いて、わたしは言った。

「バカなこといわないで、楽(がく)」

こちらのご家族(かぞく)は、入園券(けん)が当選(とうせん)したみたいですね。

おめでとうございます。

しかし、楽しみにしていたはずの遊園地(ゆうえんち)なのに、弟さんはなんだか浮(う)かない顔をしています。

お姉(ねえ)さんが、どうしたのかとたずねると、

「ぼく、死(し)なないといけないの？」

なにやらぶっそうな台詞(せりふ)を口にしますが、いったいどういうことでしょう。

弟さんは小学一年生。

まだ漢字があまり読めません。

そんな歳でも、自分の名前の漢字だけは、読めることってありますよね。

看板にはこう書かれていました。

〈おもいきり　楽しんでください〉

弟さんの名前は、楽。

もしかしたら、彼は「楽」という漢字は知っていても、「楽しい」と読むことや、その送り仮名までは知らなかったのかもしれません。

だから、こう読んでしまったのです。

楽しんでください ⬇ 楽、死んでください

お姉さんに、あれは遊園地の決まりだと教えられ、お母さんにも、看板に書かれたことを守るように言われた楽くんは、自分が死なないといけないのかとショックを受けたのです。

もちろん、すぐにお姉さんが誤解を解いて、四人は仲良く笑顔で入園しました。

待ち合わせ　プロローグ3

駅の改札を抜けると、ぼくは駅前広場の時計を見上げた。

待ち合わせの九時まで、まだ十分以上ある。

九月最初の日曜日。ぼくはドキドキしながら、約束の相手を待っていた。

安永さおりさん。

学部は違うけど、同じ大学の一年生同士で、共通科目の西洋史の授業で一緒になって一目ぼれしたのだ。

ほとんどしゃべったことがなかったんだけど、大学が夏休みに入る前に、思いきってつき合ってほしいと告白したら、OKしてくれた。

安永さんも、ぼくのことが気になっていたらしい。

あとでその理由を聞くと、「実家で飼ってる柴犬に、雰囲気が似てたから」と、笑

いながら教えてくれた。

ただ、つき合うことにはなったものの、すぐに夏休みに入った上、お互いにバイトがあったり、実家に帰省したりで、なかなか予定が合わなくて、今日がようやく三回目のデートだった。

ちなみに一回目は、評判の恋愛映画を観にいこうと映画館にいったら、前日で上映が終わっていた。

仕方がないので、そのときにちょうどやっていた知らないアニメの劇場版を観たんだけど、これが予想外に面白くてけっこう盛り上がった。

二回目のデートは、八月の終わり。夕方から夜にかけて水族館のバックヤードを案内してもらう、ナイトツアーに参加した。

前回の失敗を活かして、ちゃんと下調べをしていったので、デートは順調だった。

ところが、帰りのバスの路線を間違えてしまい、帰宅がかなり遅くなってしまった。

今日は失敗しないぞ、と気合を入れていると、

「お待たせ」

彼女が手をふりながらやってきた。

黄色のシャツに白のパンツ、長い髪は後ろでひとつにまとめている。

一瞬見とれたぼくの目の前で、安永さんは足を止めた。

「どうしたの？」

「あ、いや、なんでもない。それじゃあ、いこっか」

ぼくはあわてて歩きだした。

今日の目的地は、ニュースターランドという遊園地。

ぼくも安永さんも、いくのははじめてだ。

バス停に着くと、ちょうど遊園地行きのバスがきたところだった。

一番後ろの席に並んで座ると、安永さんが「このあいだはごめんね」と言った。

「なにが？」

「ほら、お姉ちゃんが……」

「ああ」

安永さんは、別の大学に通う双子のお姉さんと二人暮らしをしているんだけど、このあいだ、帰りが遅くなった彼女を家まで送ったとき、お姉さんにすごく怒られてしまったのだ。

「大丈夫。ぼくの方こそ、お姉さんに心配かけちゃって……」

「わたし、小さい頃から体が弱くて、すぐに寝込んだり熱を出したりしてたから、自然にお姉ちゃんがわたしのことを気にかけるようになったの」

実家を出るときも、お姉さんと一緒ならという条件で、ご両親が許可してくれたのだそうだ。

「双子っていっても、雰囲気はけっこう違うんだね」

彼女は背中に届くほどのロングヘアでおっとりとした印象だけど、お姉さんはショートカットで、初対面のぼくに対してもはっきりとものを言うタイプだった。

顔立ちはもちろんそっくりだけど、受ける印象は対照的だ。

「よく言われる」

彼女は、はにかむように笑って、

「ねえ、今日はどうしてニュースターランドに誘ってくれたの？」

と聞いてきた。

「やっぱりデートといえば遊園地かなと思ったんだけど……もしかして、苦手だった？」

ぼくは少し不安になって聞き返した。

以前から、彼女ができたら遊園地にいきたいと思っていたので、大学の同級生に近くの遊園地を聞いたら、ニュースターランドを教えてくれたのだ。

「そんなことないけど……。あそこって、うわさがあるでしょ？」

「うわさ？」

安永さんによると、ランドがある場所は、戦国時代は合戦場で、たくさんの血が流れたといわれているらしい。

その後、工場や病院ができたけど、長続きすることなく潰れてしまい、廃墟になっていたところに、数十年前、遊園地がオープンしたのだそうだ。

「でも、遊園地ができてからは、なにも起きてないんだよね?」

なかば願望を込めてぼくが聞くと、

「うーん……」

安永さんは、あいまいに首をひねった。

「わたしも、お姉ちゃんに聞いただけだから、くわしくは知らないんだけど……」

遊園地は廃業することなく長年続いているけど、おかしなことが起こるといううわさがあるらしい。

友だちはそんなこと言ってなかったけどなと思いながら、スマホで検索する。

たしかに幽霊が出るとかおかしなことが起こるとか、怪しいコメントもあったけど、楽しかったとかまたいきたいとか、普通にほめている感想も多かった。

「評判は悪くないみたいだよ。ほら」

ぼくは彼女にある人のブログを見せた。

《ニュースターランドで、今までにない体験をしました！》

大学が試験休みに入ったので、友だちと二人で、ニュースターランドにいってきました。

気合を入れて、開園と同時に入場したのですが、平日だったせいかすごく空いていて、お昼前には乗りたかったアトラクションのほとんどに乗れました。

早めのランチを食べて、最後に乗ったのがフリーフォール。

少し高台になったところにあるので、てっぺんから見る景色は、すごくきれいです。

ランドは山に囲まれていて、その山のあいだから、わずかに海が見えます。

フリーフォールのてっぺんから、海に落ちていくあざやかな夕陽をゆっくりと眺めることができました。

ランドを出たときにはすっかり陽も暮れていて、風邪も引いちゃったけど、一緒にいった友だちとの仲も深まりました。
じつは、その友だちが今の彼氏なんです。
わたしたちを結びつけてくれたニュースターランドには、一応感謝しています。

「ね？」

ぼくが言うと、彼女はなんともいえない微妙な顔をした。

解説

大学生カップルのデートのようですね。

当園に向かう途中、彼女の話を聞いて不安になった彼が調べると、ほめているブログが出てきました。

だけど、ちょっとおかしいですね。

ブログの主は、早めのランチを食べてから、最後にフリーフォールに乗っています。

空いていたから、それほど待つとは思えないので、乗ったのはお昼過ぎでしょう。

それなのに、てっぺんから夕陽を眺めたというのは、つじつまが合いません。

おそらく何時間にもわたって、てっぺんで止まっていたのではないでしょうか。

そのせいで風邪を引いたけど、結果として、一緒に乗った友だちと何時間もの危機を乗り越えたことで親しくなったわけです。

大変申しわけないですが、不慮の事故はどうしても起きてしまいます。

ただ、お客様の死亡事故は、開園以来、一度も起こっておりません。

安心して、お楽しみください。

つないだ手

入園ゲートで、フリーパス代わりの青いバンドを手首に巻いてもらうと、楽はさっそく歓声をあげて走りだした。

「わー、すごーい」

ゲートの正面では、色とりどりの花が咲いた花時計が、今の時刻を示している。

そして、時計の前では真っ赤な髪のピエロが、笑顔でなにかを配っていた。

わたしと楽が近づくと、ピエロはしゃがみ込んで、ちょうど手の平にすっぽりおさまるくらいの小さな袋をくれた。どうやら、花の種みたいだ。

「ありがとう」

楽がお礼を言うと、ピエロは大きくうなずいて、楽の頭をなでた。

ピエロに手をふってわかれると、わたしたちはキッズエリアへと向かった。

「楽は、なにに乗りたい？」

お父さんの台詞に、楽はさっと腕を上げて、すぐ目の前にある〈ケロッピョン〉という乗り物を指さした。

「あれがいい！」

〈ケロッピョン〉は、四人が横に並んで座った状態から一気に上昇して、そのあとカエルみたいに、ピョンピョンと跳ねながら下りていくアトラクションだった。

順番待ちの列も長くないので、あまり待たずに乗れそうだ。

「よし、それじゃあ、みんなで乗ろう」

お父さんの言葉に、楽はうれしそうにうなずいた。

入口の身長計で、スタッフの人が、九十センチ以上あるかどうかを確認している。

楽は小柄な方だけど、問題なくクリアした。

座席には赤や黄色のカエルの顔がついている。

お父さんとお母さんは、わたしたちを真ん中にはさんで両端に座るつもりだったみ

たいだけど、

「ぼく、黄色がいい！」

最近、黄色がお気に入りの楽が、真っ先に右端の黄色いカエルの顔がついた席めがけて走っていった。

「お姉ちゃん、こっち！」

楽に呼ばれて、わたしがその隣に座る。

結局、席順は右から、楽、わたし、お母さん、お父さんの順になった。

席について、腰のベルトをしめると、体の前に安全バーが下りてくる。

水色の制服を着た係の人がやってきて、ベルトと安全バーを確認してくれた。

「それでは、いってらっしゃーい！」

元気のいいアナウンスとともに、わたしたちの座るシートが、ぐんぐんと上昇をはじめる。

意外と高くまで上がるんだな、と思って隣を見ると、楽の顔がこわばっていた。

わたしは右手を伸ばして、安全バーをつかむ楽の小さな左手を、上からぎゅっとつかんであげた。

楽が顔を上げて、わたしを見る。

「大丈夫」

わたしがにっこり笑うと、楽はようやく表情をゆるめた。

視界はどんどん広がって、ガコン、という振動とともに上昇が止まったときには、園内だけでなく、その周りに広がる森の緑まで見渡せた。

その景色を眺めていると、急にスッと床が消えたみたいな感覚があって、下降がはじまった。

楽が目を閉じる。わたしは楽の左手をつかむ手に、さらに力を込めた。

ケロッピョンは、全体の半分くらいのところまで下りると、ふかふかのベッドの上でジャンプしたときみたいに、ポンと小さく跳ねた。

「わっ！」

楽が悲鳴をあげる。

だけど、怖いというよりも、楽しそうな悲鳴だ。

また少し降下して、ポンと跳ねる。

それを何回か繰り返して、ケロッピョンは地上に到着した。

これで終わりかな、と思っていると、またてっぺんまで一気に上昇して、同じ動きを繰り返す。

そのあいだも、わたしは楽の手を、しっかりとつかんでいた。

二回目はだいぶ余裕が出てきたみたいで、楽も目を開いて景色を眺めている。

一番下まで下りると、ケロッピョンは今度は完全に動きを止めた。

「おかえりなさーい」

係の人が安全バーを上げ、ベルトを外してくれる。

地面に降りると、なんだか足元がふわふわして、おかしな感じだった。

「大丈夫だった？」

出口に向かいながら、楽に声をかけると、

「うん」

楽は満面の笑みで答えた。

「両手をつないでもらってたから、怖くなかったよ」

解説

キッズエリアでは、お子さまでも安心して楽しんでもらえるアトラクションを、多数ご用意しております。

その中でも、ケロッピョンは人気のアトラクションです。

本当なら、ご両親が両側に乗るはずだったのに、弟さんはお気に入りの色のシートを選んで、端っこに座ってしまいました。

ケロッピョンは、意外と高くまで上昇します。

はじめは少し怖がっていた弟さんでしたが、慣れてからは、楽しんでもらえたようですね。

そういえば、

「両手をつないでもらってたから、怖くなかったよ」

と言っていますが、弟さんが座っていたのは、たしか右端だったはず。

左手をにぎっていたのは語り手であるお姉さんですが、もう片方の手は誰がにぎっていたのでしょうか。

地上数メートルまで上昇するアトラクションなので、普通は不可能ですよね。

生きている人間なら、ですが……。

視線

入口で青いバンドを手首に巻いてもらうと、

「なにに乗ろっか」

安永さんはそう言って、ぼくを見上げた。

「そうだね」

ぼくはメインストリートを歩きながら、園内を見渡した。

キッズエリアの乗り物は子どもっぽ過ぎるし、かといって、いきなり絶叫系というのはハード過ぎるし……。

遊園地をどう回るかも考えておけばよかったな、と思っていると、どこからか、ひときわ明るい音楽が聞こえてきた。

足を止めて顔を向けると、いろんなデザインのティーカップが、くるくると回転し

ているのが見える。

〈気まぐれティーパーティー〉

いわゆるコーヒーカップ系のアトラクションのようだ。

順番待ちの列は、それほど長くない。

それに、並んでいるお客さんのほとんどがカップルだった。

「あれはどう？」

ぼくが指さすと、

「うん、乗ってみたい」

安永さんはそう言って、さっさと歩きだした。

ぼくもあわててそのあとを追いかける。

近くで見ると、カップ自体も回転しながら、カップが乗っている床もぐるぐると回るので、けっこう激しそうだ。

ぼくたちは列の最後尾に並んだ。

つき合いはじめて、まだ一か月半。

授業がひとつ重なっているだけで、学部も違う彼女のことは、まだまだ知らないことが多い。

並んで順番を待つあいだ、ぼくたちはお互いに、夏休みをどんなふうに過ごしたのかを話した。

その流れで、彼女の実家で飼っている柴犬の話が出たとき、ぼくは「そんなに似てるの？」と聞いてみた。

「え？　なにが？」

彼女はちょっとびっくりしたように首をかしげた。

「ほら、前にぼくが実家の飼い犬に似てるって言ってたから……」

「ああ……」

安永さんは、ぼくの顔をまじまじと見つめて、

「うん。たしかに似てるわね」

そう言うと、おかしそうに笑った。

そんな話をしているうちに順番がやってきたので、ぼくたちは一番手前にあった、ピンクに白い水玉のカップを選んだ。

「あ、ハートがある」

安永さんに言われて、乗る前に見てみると、たしかにカップの下の方にある水玉のひとつが、ハートになっている。

そういえば、この遊園地を教えてくれた友だちが、隠れハートのついたカップに乗ると、そのカップルは幸せになれるというジンクスがある、と言っていたような気がする。

ほかの人たちも、続々とカップを選んで乗っていく。

ぼくたちが向かい合わせに座って、動きだすのを待っていると、安永さんの背後にある黄色のカップから、白い大きなつばの帽子をかぶった女性が、じっとこちらを見つめていることに気がついた。

「どうかしたの?」

安永さんに聞かれて、

「えっと……あの人、さっきからこっちをずっと見てるんだけど、知ってる人?」

ぼくは安永さんの背後に視線を向けて聞いた。

彼女はチラッと後ろをふり返ると、眉を寄せて、

「知らない」

と首をふった。

もしかしたら、ハートのジンクスのことを知っていて、このカップを狙っていたのだろうか。

だけど、カップルじゃなくてひとりだしな、などと考えていると、音楽が流れてカップが回りはじめた。

帽子の女の人は、まだこっちを見ている。

ぼくたちもくるくる回っているので、ときおり視界から消えるんだけど、視界に入

っているときは、かならずこちらを見ているのだ。

気になってその人ばかり見ていたせいか、カップの回転に酔ったみたいで、降りたときには足元がふらふらしていた。

「大丈夫？」

安永さんが心配そうに、ぼくの顔をのぞき込む。

「うん。ちょっと休めば大丈夫だと思う」

ぼくはそう言って、コーヒーカップのすぐそばにあるベンチに腰を下ろした。

「なにか買ってくるね」

安永さんが売店の方へと歩いていく。

かっこ悪いな、と思っていると、音楽がはじまって、ふたたびコーヒーカップが回りだした。

なんとなくその様子を眺めていたぼくは、強い視線を感じてドキッとした。

白い帽子の女の人が、さっきぼくたちが乗っていた隠れハートのカップに乗って、じっとぼくのことを見ていたのだ。

アトラクションは入れかえ制なので、いったん全員が降りてから次のお客さんを案内する。

降りたふりをして、こっそり残っていたのかな、と疑問に思いながら見ているうちに、さらにおかしなことに気がついた。

その女の人は、ぐるぐると回転するカップの中から一瞬たりとも目を離すことなくこちらを見つめ続けていたのだ。

恐怖で目が離せずにいると、

「お待たせ」

安永さんが水の入ったペットボトルを手に戻ってきた。

「ありがとう」

ぼくは立ち上がって、ペットボトルを受け取ると、

「休んだら、だいぶ元気になったよ。次はなににに乗ろうか」

背中に視線を感じながら、逃げるようにその場を立ち去った。

解説

デートでコーヒーカップに乗った彼は、自分の方をじっと見ていた女の人に気をとられて、酔ってしまったようですね。

ベンチで休んでいると、また同じ人と目が合うのですが……。

お互いにカップに乗っていたときは、自分も回転しているので、ときおり視界から外れていましたが、ベンチに座っているときは、自分の視線がとぎれることはありません。

それなのに、女の人は回転するカップに乗りながら、ずっとこちらを見続けていました。

そんなことが可能なのでしょうか。

カップは回転しているのですから、首が三百六十度回らない限り、ずっと一点を見続けるのは不可能です。

そういえば、順番待ちの列ができていたはずなのに、その女の人はなぜかそのまま次の回も乗り続けていました。

もしかしたら、係員にもほかのお客様にも見えていない〈なにか〉だったのかもしれませんね。

盛り塩

園内をひととおり案内してもらって、入園ゲートまで戻ってくると、

「それじゃあ、四条くんにはまず、盛り塩のチェックを手伝ってもらおうかな」

尾崎さんは、コンビニにおつかいでもたのむような軽い口調でそう言った。

「え？」

おれは一瞬、聞き間違いかと思って確認した。

「盛り塩って……あの盛り塩ですか？」

たしか玄関や部屋の隅に、小さなお皿に盛った塩を置くことで、厄除けや魔除けの効果があるおまじないのはずだ。

それがどうして遊園地にあるのだろう……と思っていると、

「まあ、ちょっとわけありでね」

尾崎さんはおれの表情を読んだように苦笑して、ときおり人じゃないものが目撃されることがあるのだと言った。

お客さんに危害が及ぶようなことはないものの、念のため、園内のあちこちに盛り塩を置いているのだそうだ。

ところが、風で飛んだり、知らないうちに足が当たって崩れたりしていることがあるので、定期的にそれを確認して直す必要があるらしい。

「いつもはもうひとりのスタッフと、手わけして回ってるんだけど、先週からずっと休んでるの」

「どうして休んでるんですか？」

「仕事から帰る途中、事故にあったみたい」

「え……」

おれは絶句した。

「この仕事って、もしかして、やばいやつですか？」

尾崎さんは、おれの問いには答えずにフフッと笑って、黒いトートバッグを差し出した。

中には〈マル秘〉と書かれた園内マップが入っていて、あちこちに赤丸がついている。

これが、盛り塩の場所らしい。

バッグの中にはほかにも、新しく盛りつけるための塩が入った袋や、弁当箱くらいの大きさの真っ黒な木製の容器が入っていた。

「もし、黒くてぐずぐずに溶けている塩を見つけたら、この箱に入れて持って帰ってきて」

黒く溶けているのは、たちの悪いなにかが近くにいる証拠なのだそうだ。

よく知らずに引き受けたけど、このバイトって、けっこう危ないのかもしれない。

だけど、今さら断るわけにもいかないので、地図を見ながら尾崎さんと手わけして見回ることにした。

じりじりと上がっていく気温と強い日差しに汗をふきながら、マップを手に園内を歩いていると、白い大きなつばの帽子をかぶった女の人が、コーヒーカップの近くでうずくまっているのが見えた。

気分でも悪いのかな、と思ったおれは、声をかけようとして思いとどまった。

尾崎さんに「もし盛り塩の近くで具合が悪そうな人を見かけても、声をかけないでね」と言われていたことを思い出したのだ。

それはそれで、別の担当がいるらしい。

あんまりつらそうだったら、スタッフルームに連絡を入れようと思いながら、おれは女の人のそばにしゃがみ込んだ。

そして、ベンチの下から塩の乗った小皿を引っ張り出して、ギョッとした。

塩はまるで泥水をぶっかけたみたいに、黒くどろどろになっていたのだ。

指示された通り、黒い木箱にそのどろどろを流し入れて、しっかりとふたをする。

新しい塩をお皿に乗せていると、

「あの……それ、やめてもらえませんか」

帽子の女の人が、とつぜん話しかけてきた。

「気分が悪くなるんです」

たしかに、せっかく楽しもうと遊びにきた遊園地で、スタッフが盛り塩なんか置いていたら気味が悪いだろう。

だけど、こちらも仕事なのだ。

「すみません。でも、これがないと、もっとやばいことになるらしいんで」

おれは頭をさげながら、塩を山形にかためていった。

すると、目の前で、今盛ったばかりの塩がぐずぐずと黒く溶けだした。

呆然としていると、さっきの女の人が、低い声でささやいた。

「だから言ったでしょ。気分が悪くなるのよ」

解説

当園では、お客様に安心してお楽しみいただくため、盛り塩をはじめとして、御札やおはらいなど、さまざまな対策をしています。

帽子の女の人というのは、おそらくさきほどの、コーヒーカップでカップルをじっと見つめていた方でしょう。

彼女が口にした台詞は、

「気味が悪い」

ではなく、

「気分が悪い」

盛り塩で気分が悪くなるのですから、はらわれる側で間違いなさそうです。

ピエロ

「なんか、パッとしねえ遊園地だな」

タカヒロはそう言って、唾を地面にぺっと吐き捨てた。

通りかかった家族連れの母親が、それを見て眉をひそめる。

「なんだよ」

タカヒロはその母親に対して、低い声ですごんだ。

「文句あるのか?」

目をそらして、逃げるように立ち去っていく家族連れを見やりながら、にやにやと笑うタカヒロに、

「ちょっと、つまんないことしないでよ」

エリは顔をしかめて、ため息をついた。

もう二十三歳になるというのに、タカヒロはこのけんかっ早い性格のせいで、今年に入って、もう三回もバイトを首になっているのだ。

先週も、勤めはじめて一週間も経っていない居酒屋を、店長とけんかしてやめたところだった。

バイト先で知り合ったタカヒロとは、つき合ってもうすぐ一年になる。

好意をもったきっかけは、エリにしつこく絡んでくるお客さんに、タカヒロがガツンと言ってくれたことだった。

はじめのうちは、その強気な態度や言動の荒々しさがかっこいいと思っていたんだけど、しばらくすると、たんに自分勝手で乱暴なだけだとわかってきた。

今日の遊園地のチケットも、「後輩からもらった」と言っているけど、たぶん、むりやり巻き上げたものだろう。

「なあ、もっと派手に遊べるとこにいこうぜ」

タカヒロはそう言って、エリの肩を抱いた。

「たまにはこういうとこも、いいじゃない」

エリはその手を払いのけた。

地元のタカヒロと違って、エリはニュースターランドにくるのははじめてなので、それなりに楽しんでいたのだ。

「あ、ほら、ピエロがいるよ」

エリが指さした先では、真っ赤な髪にヒラヒラした服を着たピエロが、にこにこと笑いながら、子どもたちになにかを配っていた。

「お、なんかくれるのか?」

タカヒロは子どもを押しのけるようにして近づくと、ピエロに手を突き出した。

「おれにもくれよ」

ピエロは子どもに向けるのと同じ笑顔で、タカヒロにも白い小袋を渡した。

「なんだよ、これ」

それを見て、タカヒロは顔をしかめた。

「なにもらったの？」

エリがのぞき込むと、それは花の種だった。

「いいじゃん」

エリが言うと、

「こんなもん、いらねえよ」

タカヒロは小袋を地面に叩きつけるように捨てて、蹴飛ばした。

ピエロの動きが、ピタッと止まる。

さすがに怒るよね、とエリがドキドキしていると、ピエロは花の種を拾ってパッと顔を上げた。

その顔は、変わらずにこにこと笑っていた。

ここまで徹底していると、逆に怖い。

「ねえ、もういこうよ」

エリがタカヒロのそでを強く引いたとき、

「お姉ちゃん、早く」

小学校低学年くらいの男の子が、目の前を走り抜けていった。

「待ってよ」

姉らしき女の子が、後ろから追いかけてくる。

弟しか目に入っていなかったのだろう。

女の子は、もう少しでエリたちにぶつかりそうになって、直前で止まった。

「ごめんなさい」

律儀に頭をさげる女の子に、エリは「大丈夫よ」と声をかけようとした。

ところが、それより早くタカヒロが、

「あぁ？」

と声をあげて、女の子をにらみつけた。

「おい、人にぶつかって、そのままでいくつもりかよ」

「え、でも……」

実際にはぶつかっていない女の子は、泣きそうになっている。

さすがにこれはやり過ぎだ。

エリが止めに入ろうとしたとき、ピエロがすっとタカヒロと女の子のあいだに割って入った。

そして、女の子に「あっちにいきなさい」というふうに手をふった。

女の子は、一瞬迷うようなそぶりを見せたけど、ぺこりと頭をさげて、走り去っていった。

「おい、なんだよ、てめえは」

カッとなったタカヒロが、大声をあげてピエロを突き飛ばす。

ピエロは後ろによろけて、しりもちをついた。

それでも、顔は笑ったままだ。

ピエロは立ち上がると、にこにこと笑いながら、両手を前にのばした。

そして、ゆっくりと二人に近づいてきた——。

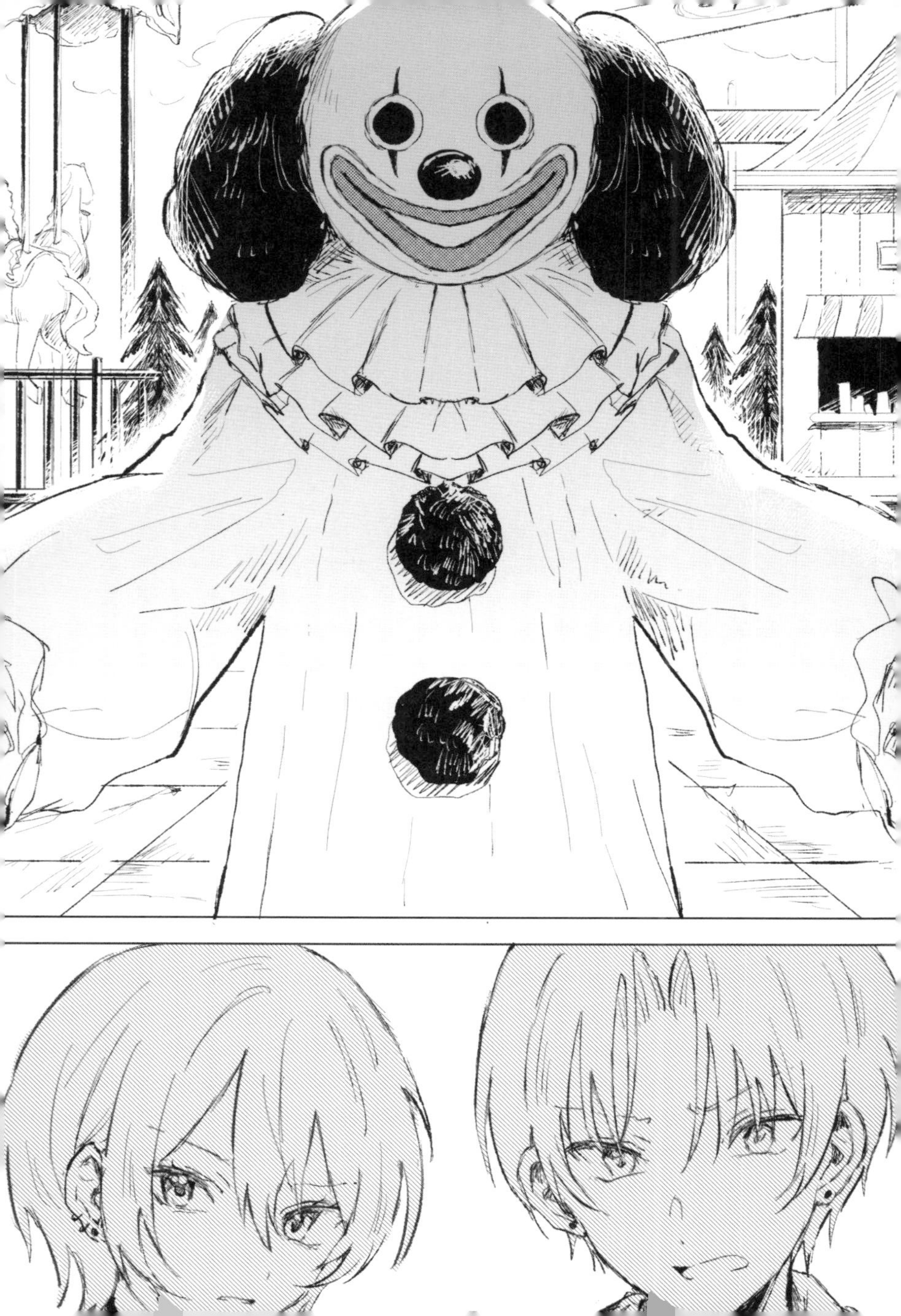

解説

いつもにこにこと笑っているピエロですが、顔が笑っているからといって、怒っていないとは限りません。

もしかしたら、そうは見えないだけで、本当は激怒しているのかも……。

ちなみに、当園では、ピエロは警備員も兼ねています。

遊園地は、楽しむ場所。

ふさわしくない方には退場していただきます。

幽霊屋敷

走り回る楽にようやく追いついたのは、〈幽霊屋敷〉と書かれた建物の前だった。

時代劇に出てきそうな古い木造のお屋敷で、金棒を持った赤鬼と青鬼の人形が入口の左右に立っている。

「ここ、怖いところだけど、大丈夫？」

わたしが楽の顔をのぞき込むと、

「うん、大丈夫。入りたい！」

楽は期待に目を輝かせながら言った。

「よし。それじゃあ、入ろっか」

後ろを見ると、お父さんとお母さんは、さっき乗ったコーヒーカップで目が回ったのか、少し遅れてよたよたとついてくる。

わたしは二人に手をふってから、入口の係員さんに手首の青いバンドを見せて、幽霊屋敷に足を踏み入れた。

暗い廊下を、楽と手をつないで進んでいく。すると、右手の障子がサッと開いて畳の部屋があらわれた。

真ん中にちゃぶ台があって、薄紫の着物の女の人が座っている。

わたしたちが前を通り過ぎようとすると、女の人の首がしゅるしゅるしゅるしゅると、天井近くまで一気に伸びた。

「わー、すごい」

怖がるというより面白がる様子で、楽がろくろ首を見上げる。

たしかに、顔は明らかに作りものだし、首も布製でそれほどリアルじゃないので、そんなに怖くない。

先に進むと、昔風の家の玄関がガラッと開いて、一本足にひとつ目のからかさお化けが、ぴょんぴょんと飛び跳ねながらあらわれた。

同時に、軒に吊ってあった提灯が口をパカッと開けて「ケケケケ」と笑う。

全体的に、怖いというよりかわいい感じだ。

これなら楽でも大丈夫そうだな、と思っていると、前方に柳の木が見えてきた。

なんとなく、空気が冷たく感じられる。

おそるおそる近づくと、木の後ろから、長い髪をぼさぼさにした白い着物の女の人があらわれた。

「う～ら～め～し～やぁぁぁ……」

両手をだらりと胸の前にたらして、のどの奥からしぼりだすような声をだす。

その不気味な声色やリアルな動きは、人形や機械のような作りものでは表現できないクオリティだった。

楽もさすがに怖かったらしく、目を大きく見開いてかたまっている。

まるで本物の幽霊のような迫真の演技に、わたしは楽の手を強くにぎり直すと、足早にその場を離れた。

ひとりだったら悲鳴をあげていたかもしれないけど、恐怖よりも、楽を守らないといけない、という気持ちが強かったのだ。

やっぱり人間が演じるお化けは違うな、と思いながら角を曲がると、今度は入口にいたのと同じ赤鬼が、両手をふり上げて、

「ガオーーッ！」

とひび割れた声でおどかしてきた。

さっきの幽霊にくらべると、おどろきはするけど、あまり怖くない。

小走りで進む楽に、

「暗いから、あんまり急いだら危ないよ」

と声をかけると、楽はとつぜんくるっと方向転換して、わたしにしがみついてきた。

廊下の先に、体中に矢の刺さったすごくリアルな落ち武者が立っている。

落ち武者は、ずるずると足をひきずるように近づいてくると、そのままわたしたちとすれ違って、立ち去っていった。

「ほら、怖いのはもういっちゃったよ」

わたしは楽の背中をとんとんと叩いて歩きだした。

そのあとは、とくになにも起こらなかったけど、あと少しで出口というところで、頭から血を流した男の人が、無言で立っていた。

おどかしてくるのも怖いけど、ただ立っているだけというのも、かなり不気味だ。

できるだけ距離をとって、通路を進む。

建物の外に出ると、わたしは楽に声をかけた。

「大丈夫？」

「うん、平気」

楽は引きつった笑顔でうなずいた。

ふり返ると、水色の制服を着たスタッフの女の人が、出口の横に御札のようなものを貼っていた。

胸に〈尾崎〉というネームプレートをつけたその女の人は、わたしたちに気づくと

にこりと笑って、

「幽霊屋敷は、いかがでしたか？」

と聞いてきた。

「すごく怖かったです」

わたしが答えると、尾崎さんはうれしそうにうなずいた。

それから、少し腰をかがめて、楽に目線を合わせた。

「怖くなかった？」

「うん。ぜんぜん怖くなかったよ」

楽は胸を張って答えた。

「すごいね」

尾崎さんは目を丸くして、おどろいた表情を見せた。

「ここのお化け屋敷って、リアルですよね。鬼や妖怪の人形だけじゃなくて、本物の人間が幽霊役をやってるのが、ほんとに怖かったです」

わたしの言葉に尾崎さんはわずかに苦笑いのような表情を浮かべると、

「ここって、受付以外にスタッフはいないんですよ」

と言った。

「え？　でも、あの着物の女の人とか、落ち武者とか、最後の血まみれになった男の人とか……」

首筋がひんやりとするのを感じながらわたしが言うと、尾崎さんはにっこり笑って言った。

「うちは、本物志向なんです」

遊園地にはつきもののお化け屋敷。

幼い姉弟には、楽しんでいただけたみたいですね。

とくに怖かったのが、作りものではないリアルな幽霊たち。

だけど、スタッフの言う通り、当園のお化け屋敷では、人間のスタッフが幽霊役に扮してお客様をおどかすことはありません。

つまり、二人が出会ったのは……。

スタッフの彼女が貼っていた御札は、幽霊をはらうものではありません。

中に閉じ込めておくためのものなのです。

メリーゴーランド

みなさん、楽しんでいただいていますか?

遊園地の歴史は古く、世界最古のものは十六世紀までさかのぼるといわれています。

日本では、遊園地といえば決まった土地に建設されるのが一般的ですが、外国ではサーカスのように各地をめぐる移動遊園地もめずらしくありません。

今からお話しするのは、二十世紀のはじめに外国の移動遊園地で起こった、ほんとうは怖いメリーゴーランドの話です。


「わあ……」

目の前に広がるきらびやかな光景に、ヘンリーは感動の声をもらした。

ここは、アメリカ東部にある小さな町。

長い冬があけ、待ちに待った移動遊園地がやってきたのだ。

「ねえ、早くいこうよ」

先週十歳になったばかりのヘンリーは、父親にそう言うと、待ちきれなくなったように走りだした。

「わかった、わかった。ほら、走ると危ないぞ」

父親は笑いながら、ヘンリーのあとを追いかけた。

移動遊園地といっても、施設の中身は立派なものだった。

小型の観覧車に、数メートルの高さを上下する巨大なシーソーのような遊具。トロッコに乗って波打つレールを走るのは、最近開発されたコースターという乗り物だ。

ほかにも、わたあめを売っている店や射的など、子どもだったら目を輝かせずにはいられない露店がところせましと並んでいる。

そんな中、ヘンリーが真っ先に向かったのはメリーゴーランドだった。

大きな天蓋の下で、十数頭の馬たちが、ぐるぐると回っている。

この移動遊園地のメリーゴーランドは、もともとはカナダで作られたものだった。そのためか、国内のほかの遊園地では見られないような、特徴的な色遣いの馬が並んでいて、子どもたちに大人気だった。

ヘンリーはさっそく列に並ぶと、係員のおじいさんに料金を支払った。

そして、一番最初に目に入った褐色の体に虹色のたてがみをした馬にまたがって、真ん中の棒をしっかりとにぎりしめた。

すべての馬に子どもたちが乗ったところで、音楽が鳴りはじめる。

同時に、馬が上下に動きながら、全体がゆっくりと回りだした。

「パパー！」

柵の外にいる父親に手をふっていたヘンリーは、

「痛っ！」

左足のふくらはぎに、太い針で刺されたような痛みを感じて、悲鳴をあげた。

馬の体のどこかが割れていて、その破片でも刺さったのかと思ったけど、馬の背にまたがったまま、足の傷をたしかめるのはむずかしい。

回り終わるまで気にしないでいようと思っても、足の痛みはどんどんひどくなっていき、気分まで悪くなってきた。

座っているのもつらくなって、なんとか棒にしがみついたヘンリーだったが、次の瞬間、意識が遠くなり、ずるずるとすべり落ちていった——。

息子の異変に気づいた父親は、柵を飛び越えてヘンリーの体を抱き上げた。

「どうしたんですか？」

係員がメリーゴーランドを緊急停止して、駆け寄ってくる。

「すぐに医者をよんでくれ！」

父親は、真っ白な顔で口から泡をふいているヘンリーを抱きしめながら叫んだ。

病院に運ばれたヘンリーは、生死の境をさまよっていたが、治療のかいがあって、なんとか一命をとりとめた。

「いったい、メリーゴーランドでなにが起こったんですか?」

ヘンリーの父親は、病院で医者に詰め寄った。

「それなんだが……息子さんは蛇にかまれていた」

老齢の医者は、呆気にとられる父親に、困惑した表情で言った。

「それも、この国には生息していないはずの毒蛇が、息子さんの足にかみついていたんだ」

解説

移動遊園地のメリーゴーランドを楽しみにしていた男の子。

しかし、そんな彼を悲劇が襲います。

毒蛇が彼の足にかみついたのです。

しかも、それはその国にはいないはずの毒蛇でした。

いったい、どういうことなのでしょうか。

じつは、この移動遊園地はもともと、ほかの国からやってきました。

そこは寒い地域。冬のあいだ倉庫にしまっていたメリーゴーランドの馬の一部が破損して、その中にもぐり込んだ蛇が、冬眠していたのです。

やがて春になり、移動遊園地はよその国へと運ばれました。

急に暖かくなって、冬眠から目覚めかけていた蛇は、寝床がとつぜん音楽とともに動きだしたことで、完全に目を覚まします。

環境の変化にパニックになった蛇は、馬の亀裂から顔を出して、目の前に見えたヘンリーの足にかみついたのでした。

さいわい、蛇はすぐ捕まえられて、ほかに被害者は出なかったということです。

呪われた席

開園から二時間が過ぎて、ニュースターランドで一番人気のアトラクション、宙返りコースターの〈ニュースター・コースター〉には、長い行列ができていた。

「ねえ、まだぁ？」

ミオがイライラした口調で、前の方をのぞき込む。

「まだ十分も並んでないでしょ」

アヤカはあきれた顔でため息をついた。

「ミオって、ほんとに根気ないよね」

「だって、進むの遅くない？」

ミオは口をとがらせると、スマホを持つ手を伸ばして、自分のふくれた顔を自撮りした。

その写真に短いコメントをそえて、ＳＮＳにアップする。

「あ、見て。もう〈いいね〉がついた」

ミオがうれしそうに、スマホの画面を見せた。

【ニュースターランドのジェットコースター。もう一時間も待ってる😖】

というコメントの下のハートマークの横には、〈1〉と表示されている。

数十人しかいないフォロワーかたまたま目にした誰かが、今の投稿を見てすぐに〈いいね〉を押したのだろう。

「なにが一時間よ。盛り過ぎでしょ」

「別にいいじゃない」

すました顔でスマホをいじっているミオを見て、アヤカはあきれながらも、元気が出たみたいでよかったなと思った。

ミオとアヤカは、同じカフェで働くバイト仲間で、歳が同じということもあって、すぐに仲良くなった。

ミオがアヤカに相談をもちかけてきたのが、三か月ほど前のことだった。

マッチングアプリで知り合った男の人から、しつこく連絡がきて困っているというのだ。

「それってストーカーじゃん。警察にいったほうがいいよ」

アヤカはそうアドバイスしたけど、ミオによると、何度か二人で会って、そのたびにブランドものの高価なバッグやアクセサリーを買ってもらっていたので、警察には相談しにくいらしい。

「それって、いくらくらい？」

もらったものの総額を聞いて、アヤカは絶句した。

自分たちがカフェで稼いでいるお給料の、何か月分にも当たる金額だったのだ。

「一応、住所とかバイト先とかは教えてないから、直接くることはないと思うんだけど……」

つき合う気はないけど、もらったものは返したくない、と言うミオに、

「連絡手段を絶っちゃうと、相手がなにをしてくるかわからないから……」

アヤカはそう言って、連絡先を削除したりブロックしたりせずに、とにかく無視し続けるようにとアドバイスした。

それから三か月。

以前より回数は減ったものの、今でもときおり連絡がくるというので、今日は気分転換に二人で遊園地にやってきたのだった。

ジリリリリ、と発車のベルが鳴って、コースターが走りだしていく。

「あ、これ見て」

今度はアヤカがミオに、自分のスマホを見せた。

それはニュースターランドを利用した人のブログで、そこには、コースターの十三号車は呪われていて、そこに座ると恐ろしい目に遭うと書いてあった。

「なに、これ」

ミオは眉を寄せてアヤカを見た。

「アヤカ、こんなの信じてるの？」

「そういうわけじゃないけど……」

「怖いっていうなら、人間の方がよっぽど怖いでしょ」

ミオの言葉にアヤカは苦笑した。

「たしかに」

そんな会話をしているうちにも列は進んで、十五分ほど経った頃には、乗降口の手前までやってきた。

「お二人ですか？　それでは五号車にお願いします」

若いスタッフが客をふりわけて、もうひとりの年配のスタッフが、前方から順番に安全バーを確認していく。

そして、やっと自分たちの番が回ってきたと思ったら、
カチャン
無情な音を立てて、目の前でチェーンが下ろされた。

「申しわけありません。もうしばらくお待ちください」

若いスタッフが立ち去ろうとするのを、

「ねえ、ちょっと」

ミオが呼び止めた。

「あそこ、空いてるじゃん」

ミオが指さしたのは、後ろから四番目の客車――十三号車だった。

二人横並びの席が、そこだけぽっかりと空いている。

「ああ……」

その若いスタッフは、困った表情で、

「あの席はだめなんです」

と言った。

「まさか、呪われてるとか言わないよね」

ミオが半笑いで聞く。

「いや、そういうわけじゃないんですけど……」

「じゃあ、どうして？」

「えっと……本部から『この号車は、つかれてるから』って……」

「憑かれてる？　そんなこと、あるわけないじゃん」

ミオは勝手にチェーンを外して、中に入ろうとした。

「あ、お客様、困ります」

あわてて止めようとするスタッフに、

「大丈夫よ」

ミオと一緒になって、勝手に乗り込みながら、アヤカが小声で話しかけた。

「さっき待ってるときに、もうひとりのスタッフさんがきて、問題ないって言ってたから」

「え、そうなんですか？」

もちろん口からでまかせなのだが、新人らしいスタッフは、その言葉をあっさりと信じてしまった。

「わかりました。それじゃあ、どうぞ」

二人は顔を見合わせて笑みを浮かべると、十三号車に座って安全バーを下ろした。

「それじゃあ、出発します」

若いスタッフが素早く離れていく。

ジリリリリリリ……

発車のベルが鳴って、コースターはレールの上を走りだした。

乗降口を離れるのと同時に、小さな坂を下りて加速すると、そのまま左右にねじれたレールに飛び込んでいく。

「きゃー！」

楽しそうに悲鳴をあげるミオに、

「ねえ……」

安全バーをぎゅっとつかみながら、アヤカが青い顔で言った。

「この席、やっぱりつかれてるかも」

ジェットコースターは、どこの遊園地でも人気のアトラクションですよね。

当園では、二回の宙返りをすることもあって、絶叫系がお好きな方は、このコースターが目当てで来園されることも多いようです。

ところで、こちらのコースターですが、けっして呪われているわけではありません。

十三号車の安全バーを支える金具に、ひびが入ってゆるんでいたので、念のため、一時的に十三号車のみ使用禁止にしていたのです。

スタッフが口にしていたのは、〈憑かれてる〉ではなく〈疲れてる〉――金属疲労のことでした。

もちろん、ほかの座席はしっかりと安全を確認しております。

安全バーがゆるんでいるのに、宙返りしても大丈夫なのでしょうか。

はじめのご挨拶で、亡くなったお客様はいらっしゃらないと申しましたが、係員の指示にしたがわない人を、わたくしどもはお客様とは呼びません。

それでは、いってらっしゃいませ。

急流すべり

「えー、休止？」

安永さんは、ジェットコースターの乗り場の前で残念そうな声をあげた。

行列がなかったので空いているのかと思ってきてみたら、〈安全確認のため、一時運休中〉という看板が出ていたのだ。

仕方がないのでぼくたちは、隣にある急流すべりの乗り場に並んだ。

丸太の形をした四人乗りのボートに乗って、十メートルくらいの高さから一気にすべり下りる、こちらも人気のアトラクションだ。

水しぶきで、びしょ濡れになるので、無料でレインコートを貸してくれる。

順番がくると、ぼくたちはレインコートを着て、丸太の前列に並んで座った。

二人きりと思っていたら、後ろの座席にも誰かが乗り込む気配がする。

コースター休止の影響で混んでるみたいだから相席だろうか。

ふり返ろうとしたときに、丸太が動きだしたので、ぼくは前に向き直った。

浅い川の底にあるレールにそって、森の中を進む。

しばらくすると、丸太は大きな岩山に飲み込まれていった。

真っ暗な中、ぐいっと座席がかたむいて、後ろにひっくり返りそうな急な角度で坂を上っていく。

隣で安永さんが、緊張しているのが伝わってくる。

なにか話しかけようと、口を開きかけた瞬間、前方に白い光が見えたかと思うと、丸太はトンネルを飛び出して一気に落ちていった。

「きゃーーーっ！」


バッシャーーーーンッ！

水しぶきが、頭から大量にふりそそぐ。

予想以上のいきおいに、安永さんと顔を見合わせて笑っているうちに、丸太は元の場所に戻ってきた。

「おかえりなさーい。出口はこちらです」

スタッフに出むかえられ、丸太を降りてから、ふと後ろをふり返る。

すでに降りたのか、出発直前に乗り込んできた人の姿はなかった。

レインコートをぬいで階段を下りると、ボードに写真が並べられていた。

急降下する一瞬をカメラにおさめたもので、恐怖で顔がゆがむぼくと、風で髪が乱れた安永さんが写っている。

そして、ぼくたちの後ろには小学生くらいのおかっぱ頭の女の子が乗っていた。

子どもだったんだ、と思っていると、

「え？　こんな子、いた？」

安永さんが言った。今まで気づいてなかったみたいだ。

急流すべり
急流すべり

「うん、いたよ」

ぼくがうなずいて「今日の記念に買う？」と聞くと、

「この子、おかしくない？」

安永さんがじっと写真を見つめながら言った。

「たしかにレインコートを着てないね」

ぼくは答えた。

だけど、後ろの席だし、今日は天気がいいから濡れてもそんなに気にならなかったのかもしれないな、と思っていると、

「そうじゃなくて……。どうしてこんなにきれいな髪をしてるの？」

安永さんは、つややかなおかっぱ頭を指さして、ふるえる声で言った。

解説

急流すべりでは、落ちる瞬間の記念写真を販売しています。カップルの彼女は、いつの間にか後ろに乗っていた女の子の姿に、疑問があるようですね。

彼は、レインコートを着ていないことが気になったと思っているみたいですが、彼女が気になったのは、写っている女の子の髪型でした。

髪が乱れるほどの風圧の中、女の子の髪はまったく風になびいていなかったのです。生きている人間なら、ちょっと考えにくいですよね……。

ヒーロー

広田レイジは、おさない頃からヒーローに憧れていた。

漫画やテレビのヒーローではない。

ニュースターランドのヒーローショーで、長年にわたって活躍しているヒーロー、ニュースター戦隊に憧れていたのだ。

レイジがはじめてニュースター戦隊を観たのは、彼が五歳のときだった。

両親に連れられて遊びにきたニュースターランドで、ちょうど上演されていたショーを観て、いっぺんに心を奪われた。

とくにレイジが憧れたのは、ニュースターレッドだった。

戦隊のリーダーで、傷つきながらも先頭に立って敵と戦い、仲間たちを助けるその姿に感動したレイジは、

「将来は、ニュースターレッドになる」

と、心に決めた。

それからレイジは、親にねだって、ヒーローショーがあるたびにランドに連れてきてもらった。

そして、最前列で、レッドの活躍を応援した。

同時に、レッドになるための努力も欠かさなかった。

レッドは誰よりも速く走り、高く跳び、強くなければならない。

レイジはスイミングスクールに通って体をきたえると、中学校では陸上部と柔道部、高校では体操部と空手部に入って、素早さと力強さを身につけていった。

そして、高校三年生のとき、ヒーローショーを企画しているプロダクションが新人を募集していると聞いて、さっそく応募した。

残念ながら、希望していたヒーロー役は不合格だったけど、研究生として採用が決まり、半年後、ついに念願のヒーローショーに出演することができた。

ただし、レイジに与えられた役は、黒いタイツに身を包んだ、敵の戦闘員Cだった。

それでも、子どもの頃から憧れていた舞台に立てたことで、いつかレッドとしてみんなの前でヒーローを演じたいという気持ちは、ますます強くなった。

やがて、採用から一年が経った春休みのある日のこと。

戦闘員Cから戦闘員Bに出世していたレイジがランドに出勤してくると、騒ぎが起こっていた。

本番まであと一時間もないのに、レッド役の役者が交通事故にあって、病院に運ばれたというのだ。

その日は春休みの最終日で、ヒーローショー目当てのお客さんも多く、中止するわけにはいかない。

舞台の演出もしているプロダクションのマネージャーは、レイジを見ると、

「今日だけレッドをやってくれないか」

と言った。

「やります！　やらせてください！」

レイジは迷うことなくうなずいた。

戦闘員は何人もいるので、ひとりぐらい減っても問題ない。

マネージャーは、レイジがひそかにずっとレッドの練習をしていたことを知っていたのだ。

レイジは、念願のレッドのユニフォームに着がえると、かんたんな打ち合わせをして舞台に飛び出した。

公演は大成功だった。

ちょうど最終日で、それまでに何度も同じショーを重ねてきたこともあったが、なによりレイジのレッドが完璧だったのだ。

レイジも、念願のレッド役を舞台の上で演じることができて、最高の気分だった。

レッド役の役者のケガは、さいわいたいしたことがなかったので、約一か月後の大型連休におこなわれたヒーローショーには復帰することができた。

戦闘員役に戻ったレイジは、ふたたびレッド役ができる日を夢見て、がんばった。

だけど、なかなか声はかからない。

レイジは思いきって、マネージャーに直談判した。

これまでは、やったことがなかったからわからなかったけど、レッド役を演じてみて、自分の方がうまくできることがわかったと訴えたのだ。

しかし、マネージャーは首を縦にふらなかった。

レイジのアクションや演技はまだ未熟だったし、レッドを演じている役者は、テレビや映画にも出て、そこそこファンもついている。

まったく知名度のないレイジに代える理由は見つからなかったのだ。

だけど、レイジは納得できなかった。

レッド愛は、自分の方が絶対に強い。

そんな熱い思いが伝わったのか、九月最初の日曜日、ついにレイジはレッドとして、二度目の舞台を踏むことになった。

レッド役の役者から受け継いだ衣装に着がえて、舞台に飛び出していく。

客席からは「わーっ！」と歓声があがった。

レッドの動きは完全に頭に入っている。

ヒーローたちは直接しゃべらずに、事前に録音しておいた台詞を流すのだが、その台詞に合わせた動きも完璧だった。

最後の場面で、派手なアクションで怪人を倒すと、観客は大盛り上がりだ。

キャーッ、という声援を受けながら、レイジは胸を張って舞台から下りていった。

「お疲れさま」

舞台裏で声をかけてきた共演者に、レイジがマスクをつけたまま、小さく頭をさげてあいさつを返したとき、

「おい！　大丈夫か！」

ロッカールームの方から、あわてたような声が聞こえてきた。

そして、ヒーローに倒されて、一足先に舞台を下りていた怪人役の役者が走ってき

たかと思うと、レイジに向かって言った。

「お前、誰だ?」

念願のレッド役を演じたレイジでしたが、舞台を下りると、別の役者に、

「お前、誰だ?」

と詰め寄られます。

じつは、怪人役の役者が着がえるためにロッカールームに入ると、隅に積まれた段ボール箱の裏側に、殴られて気を失ったレッド役の役者が倒れていたのです。

レッドがケガをしたら、自分がレッドになれると学んだレイジは、本番直前、レッドの役者を襲って、衣装を奪いました。

そして、レッドとして自分が舞台に上がったのです。

このあと、レッドを襲ったことがばれたレイジは、逃走しました。

大切なスタッフを傷つけた彼を、許すわけにはいきません。

かならず捕まえて、罰を受けてもらいます。

呼び出し

「ただいま戻りました」

おれが盛り塩のチェックを終えてスタッフルームに戻ると、尾崎さんがマイクに向かって、園内放送をしているところだった。

〈お客様に、お呼び出しを申し上げます〉

尾崎さんはおれに気づくと、軽く目配せをしてから放送を続けた。

〈縞長市からお越しの、西山田さま。縞長市からお越しの、西山田さま。お伝えしたいことがございますので、至急、中央広場までお越しください〉

聞きとりやすい声でマイクに向かって呼びかけると、スイッチを切って、ふう、と息をつく。

「放送の仕事もあるんですね」

おれはスタッフルームの中を見回した。

壁には三十個近いモニターが並んでいて、園内のあちこちにある監視カメラの映像を同時に映している。

入口にある花時計ではピエロが子どもたちに花の種を配り、急流すべりには長い列ができ、休止しているコースターの前では二人組の女性がぐったりした様子で座り込んでいた。

「放送は、手が空いてるスタッフが交代でやってるの」

尾崎さんはそう言ってマイクの前を離れた。

「そのためのマニュアルもあるのよ」

「でも、呼び出しってめずらしいですね」

「そうかしら」

「だって普通はお客さん同士がはぐれても、スマホで連絡とれるでしょ」

「そうね」

尾崎さんはほほえんだ。

「中にはスマホを持っていなかったり、電源が切れてるみたいだから呼び出してほしいっていうケースもあるけど……。一番多いのは、やっぱり迷子の呼び出しかな」

なるほど。迷子になるような小さな子どもなら、スマホも持ってないし、親の連絡先がわからないこともあるだろう。

「あとは、こういうケース」

尾崎さんは、デスクに立ててあった黒いファイルを取り出した。

表紙には【園内放送　用語一覧表】と書いてある。

尾崎さんによると、遊園地ではなにかトラブルがあってもお客さんに不安をあたえないよう、スタッフにだけわかる言葉で園内放送をすることがあるらしい。

「トラブルってなんですか？」

「たとえば、さっきの放送に使った縞長市っていうのは架空の都市で、『これはスタッフ向けの緊急放送です』っていう合図なの」

さらに、人名も暗号になっていて、〈東川合〉だと痴漢や盗撮、〈北野島〉だと置き引きや窃盗、そして〈西山田〉が暴行事件のことなのだそうだ。

「どれも、ありそうでない名前でしょ？」

尾崎さんは笑った。

たしかに、西山も山田もいそうだけど、西山田はちょっとめずらしい。

しかもそんな放送をしたタイミングで、たまたま西山田さんが園内に居合わせる可能性はかなり低いだろう。

ちなみに〈至急〉というのは、より緊急な事態が発生したという意味で、〈○○までお越しください〉は、事件がどこで発生したのかを知らせているのだと、尾崎さんはつけ加えた。

つまり、たった今、中央広場付近で暴行事件が起きたということだ。

「なにがあったんですか？」

尾崎さんからくわしい事情を聞いて、おれは呆気にとられた。

ヒーローショーで、戦闘員役を演じていた男性が、レッド役の役者を殴り倒して、代わりにステージに立ったというのだ。

しかも、ショーが終わるまで誰も気づかなかったらしい。

「そんなことがあるんですか？」

おれの言葉に、尾崎さんは苦笑とも困惑ともつかない複雑な表情でうなずいた。

「そうなのよ。しかも、現場から逃走して、まだ捕まってないの。四条くんも、一緒に捜してくれない？」

「わかりました」

おれは尾崎さんと一緒に、スタッフルームをあとにした。

逃げているのはこのランドのスタッフだ。

当然、園内の地理にもくわしいので、本気で隠れられたら、見つけるのはむずかしそうだ。

入園ゲートの近くで足を止めて、どこから捜すか相談していると、また園内放送が聞こえてきた。

〈縞長市からお越しの、水無月さま。縞長市からお越しの、水無月さま。なくしものがございますので、コーヒーカップ前までお越しください〉

縞長市だ。またなにかあったのだろうか。

「水無月さまっていうのは、どういう意味なんですか?」

おれは尾崎さんに聞いた。さっきの説明には出てこなかった名前だ。

「水無月っていうのは、ここの園長なの」

尾崎さんは答えた。

「トラブルの種類は〈その他〉。つまり、痴漢でも泥棒でも暴力でもない事件が起こったときの合図ね」

「それじゃあ、本当に落とし物があったんですね」

おれがそう言うと、尾崎さんは不思議そうに首をかしげた。

「え？　落とし物？」

「違うんですか？」

なくしものと言うから、てっきり落とし物とか忘れ物のことだと思った、とおれが言うと、

「ああ、なるほど」

尾崎さんは笑って言った。

「〈なくしもの〉は、そのままの意味よ」

スタッフには専用の無線を渡していますが、緊急性が高い連絡は、園内放送も活用しています。

ただ、内容をそのまま放送すると、お客様を不安にさせてしまうため、自分たちだけにわかる暗号のようなものを決めているのです。

今回、わたしの名前を使って放送されたのは〈なくしもの〉ですが、これは〈亡くし者〉、つまり〈亡者〉を意味します。

どうやら、コーヒーカップのあたりに亡者が出たようですね。

担当の者が向かっていますので、お客様は安心して、引き続きお楽しみください。

スナイパー

パン！

破裂音とともに、銃口から飛び出したコルクの弾は、楽がほしがっていたアニメのフィギュアのお腹に命中した。

しかし、フィギュアはわずかにゆれただけで、はね返された弾はころころと床に転がった。

「あー、惜しい」

楽がそれを見て、残念そうな声をあげた。

「当たってるんだけどなあ……」

お父さんが銃を手に首をかしげる。

わたしたちは乗り物をひと休みして、ゲームコーナーにきていた。

玉入れやくじ引きなど、お祭りの屋台のような体験型のゲームが並ぶ中、楽がやりたがったのは射的だった。

台に並んでいるおもちゃやお菓子などの景品を、コルク銃で撃って、景品が台の後ろに落ちれば獲得できる。

だけど、弾が当たっただけで、落ちなければもらえないのだ。

まずはお父さんが手本を見せると言って、五発撃ったけど、どれもはずれか、景品に当たっても弾かれるだけだった。

「はい、残念賞」

店の主人が、小さな袋に入ったラムネをくれる。

「ぼくもやる！」

続いて、楽も挑戦することにした。

真剣な顔で狙って引き金を引くけど、打った瞬間に銃口が跳ね上がって、弾が景品の上を素通りしてしまう。

結局、五発中三発が大きくそれて、二発は一応当たったけど、景品にはね返されてしまった。

「残念だったね」

店の主人がラムネをふたつ、楽の手ににぎらせる。

こんなの取れる人がいるのかな、と思っていると、

「やあ」

黒いスーツを着てサングラスをかけた若い男の人が、軽く手を上げながらあらわれて、店の主人に声をかけた。

「ちょっと遊ばせてもらうよ」

嫌そうな顔をする店の主人に、男の人は五百円玉を手渡した（ここはフリーパスの対象外なので、お金がかかるのだ）。

男の人は慣れた手つきで銃の先端に弾を込めると、背筋をのばし、銃の持ち手を肩

に乗せて、銃身を下から支えた。

ほとんどのお客さんが、少しでも近くから撃とうと、片手で銃を持ってカウンターから身を乗り出しているのに比べると、なんだかすごく本格的な構えだ。

まるで、映画に出てくるスナイパーみたいだった。

男の人が無造作に引き金を引くと、パン、と音を立てて弾が発射された。

カツン

コルクの弾は、腰に手を当てて胸を張ったキャラクター人形の、ちょうどひじのところに当たった。

今まで体の中心に弾が当たってもはね返していた人形が、その絶妙なコントロールに、くるりと半回転して棚から落ちた。

「すごい！」

楽が歓声をあげる。

男の人は、楽を見てにこりとすると、またすぐに流れるような動作で弾を込めて銃身を上げた。

自然な動作で狙いをさだめて、引き金を引く。

コツン

今度は隣の人形の頭のてっぺん、ぎりぎりのところに弾が当たった。

人形はぐらりと後ろにバランスを崩して、そのまま倒れていく。

「やった！」

楽が尊敬のまなざしで男の人を見上げた。

男の人はそのあとも、百発百中の腕前を見せて、五発の弾で、人形を二個と箱入りのお菓子を三箱ゲットした。

BANG

そして、帰り際に、最初に取った人形を楽に渡すと、

「いいの？　ありがとう！」

とお礼を言う楽に手をふって、連れの女の人と一緒に去っていった。

その後、射的の屋台をあとにしたわたしたちは、お腹が空いたのでフードコートに向かった。

「さっきの人、すごかったね」

楽は人形をにぎりしめながら、まだ興奮した様子で話していた。

たしかに、撃ち方もかっこよかったし、狙いも完璧だった。

手つきも慣れた感じだったので、きっと常連さんなんだろうなと思いながら、席を確保してメニューを選ぶ。

わたしと楽はニュースターラーメン、お父さんはカツカレー、お母さんはてんぷらそばだ。

呼び出しベルを受け取って席に戻ると、ちょうどわたしの後ろの席に、さっきの男の人と女の人が座っていた。

声をかけようかどうしようかと迷っていると、

「――また殺したの？」

女の人の低い声が聞こえてきて、わたしはビクッとした。

「今度は誰？」

女の人の問いに、

「じいさんだよ」

男の人は面倒くさそうに答えた。

「先月は、誰を殺したんだっけ？」

女の人に聞かれて、男の人は淡々とした口調で、

「先月は義理の伯母さんだったな」

と言った。

「そんなに次々と殺して、ばれないの？」

その恐ろしいやりとりに、わたしは息を呑んだ。

聞き耳を立てていたことがばれないように、こっそりと後ろを盗み見ると、

「大丈夫」

男の人は、横顔に不敵な笑みを浮かべて言った。

「課長には、絶対ばれてないよ」

解説

射的の屋台にさっそうとあらわれて、見事な腕前を披露した男性。

彼は殺し屋なのでしょうか。

いいえ。そんな危険な人は、この遊園地には入れません。

彼は不動産屋に勤める、普通の会社員です。

本来なら、日曜日も仕事があるのですが、どうしても女の人と遊園地にきたかった彼は、仕事をずる休みするために、今回はお祖父さん、前回は伯母さんが亡くなったと、会社に嘘の申請をしていたのです。

射的がうまくなり過ぎて、お店の人にも嫌がられるくらい、しょっちゅう当園にきてくれているのですね。

スケート

遊園地には、常設のアトラクション以外に、夏にはプール、冬にはスケートリンクを営業するところがあります。

そういった遊園地では、アトラクションより、プールやスケートを目当てに来園されるお客様もいらっしゃるようです。

今からお話しするのは、ある国の遊園地で起こった出来事です。


その遊園地は、毎年冬になると、敷地の隣で大きなスケートリンクを営業していた。

リンクは森のそばにあって、雰囲気もよく、週末には多くの人でにぎわっていた。

そこで、遊園地のオーナーはリンクを増やそうと考えた。

本来なら、シーズン前に工事を終わらせたかったのだが、天候の関係で予定が大幅に遅れてしまい、従来のスケートリンクを営業しながら、新しいリンクの増設工事を続けることになった。

ある週末のこと。大学生のジムとダニエルは、遊園地にやってきた。目的は、アトラクションではなくスケートだ。

スケート好きの二人は、毎年この時期になると、誘い合って毎週のようにすべりにきていたのだ。

ところが、今年は利用者が多く、なかなか思うようにすべれない。

ジムはリンクから上がってベンチに腰かけると、

「なんだか、つまんねえな」

とぼやいた。

「仕方ないよ」

同じくすべるのをやめたダニエルが、隣に座って苦笑した。

「ここは気持ちいいからね。そういえば、今年からリンクを増やすって宣伝してたけど、新しいリンクはまだできてないのかな？」

ダニエルの言葉に、ジムは首をひねった。

「そろそろ完成しててもおかしくないと思うけどな……。ちょっと、見にいってみないか？」

二人は、スケート靴を手に持ってリンクを離れた。

森の周りをしばらく歩くと、〈第二リンクはこちら〉と書かれた看板が立っていた。

「お、もうできてるじゃん」

看板の裏側には、緑の木々に囲まれた、元のリンクと同じくらいの広くてきれいな氷が見える。

「ちょっとすべってくる」

誰もいないリンクを前にして、待ちきれなくなったのか、ジムがさっそくスケート靴をはきだした。

「トイレにいってくるから先にすべっててくれ」

ダニエルはそう言って、さらに先へと歩きだした。

十メートルほど進んだところで、向かいから作業着の男性がやってくるのが見えたので、トイレの場所を聞こうとすると、

「こんなところで、なにしてるんだ？　スケートリンクはあっちだぞ」

男性は、さっきまでダニエルたちがすべっていたリンクの方を指さした。

「新しいリンクを見にきたんです」

ダニエルが答えると、

「ああ……まあ、来月にはオープンできるかな」

男性はかみ合わない答えを返して、自分が今きた方をふり返った。

青いビニールシートで囲われた、大きな施設が見える。

「あれはなんですか？」

ダニエルが聞くと、

「だから、建設中の第二リンクだよ」

男性は答えた。

「まだ外壁をつくってる途中だから、シートをかぶせてるんだけど、あんなのを見にくるなんて、物好きだね」

「え？　それじゃあ……」

ダニエルがふり返ると、さっきの看板の方から、バシャンという水音と、それに続いて叫び声が聞こえてきた。

解説

この遊園地では、自然の中にあるスケートリンクが人気のようです。

そのため、新たに第二リンクを建設しているようですが……。

スケートが目的でやってきた大学生のジムは、第二リンクの看板を見つけて、さっそくすべりだします。

看板には〈第二リンクはこちら〉と書かれていたのですが、それは「こちらにありますよ」という道案内の看板だったようですね。

ジムがすべろうとしたのは、池の表面に張った天然の氷。

氷の下は真冬の冷たい池の水です。

このあと、工事の男性の協力もあって、ジムは無事助け出されたそうです。

「さっきのは、さすがにやばかったね」

コースターの前を離れて、メインストリートを歩きながら、アヤカは顔をしかめて言った。

「まじで死ぬかと思った」

ミオはまだ少し青い顔で答えた。

コースターが出発してすぐに、安全バーがぐらぐらと動きだし、急降下に向けて坂を上りだしたときには、完全にゆるんでいたのだ。

二人は大声をあげて助けを求めたけど、コースの途中ではどうすることもできず、必死の思いで安全バーにしがみつくしかなかった。

さいわい、宙返りの遠心力によって体が座席に押しつけられたおかげで、落下はせ

ずにすんだけど、乗降口に戻ってくるまで生きた心地がしなかった。

もちろん、降りてすぐに文句を言ったものの、もとはといえば、スタッフが止めるのを無視して自分たちが強引に乗り込んだわけだし、

「違うスタッフに問題ないって言われた」

と嘘をついた弱味もある。

業務妨害で訴えることもできるんですよと言われて、結局、

「遊園地から訴えない代わりに、今回のことは口外しない」

と約束させられたのだった。

コースターは点検のために一時運休となり、疲れきった二人は、乗り場の前でしばらく休んで、ようやく次のアトラクションへと向かう元気が出てきたのだ。

「あ、あれかわいい」

ミオが前方を指さした。

ソフトクリームとクリームソーダを売っているオレンジ色のワゴンカーが見える。

二人はワゴンカーに立ち寄って、ミオはあざやかな青色の、アヤカは緑色のクリームソーダを選んだ。

しばらく歩いたところで、

「ねえ、写真撮って」

ミオは観覧車の前で足を止めると、自分のスマホをアヤカに渡した。

「はいはい」

ミオと一緒にいると、しょっちゅう写真を頼まれるので、アヤカも慣れっこだ。

ミオがクリームソーダを顔の横に持ってきて、にっこり笑う。

アヤカは何歩かさがって、上半身と観覧車の全体がフレームにおさまるように、何枚か撮影した。

「どう?」

アヤカが写真を見せると、

「うん、いい感じ。ありがと」

ミオはさっそく、コメントを添えてＳＮＳに投稿した。

【今から観覧車。高いところはちょっと苦手だけど大丈夫かな♡】

すると、十秒も経たないうちに、ミオがスマホを見せてきた。

「ほら、見て。もう〈いいね〉がついた」

「ミオのＳＮＳって、絶対熱心なファンがついてるよね」

アヤカは画面をのぞき込んだ。

そして、観覧車をバックにしたミオの写真に、こんなコメントがついているのを見てゾッとした。

〈ミオちゃんの今日の靴、かわいいね〉

解説

最近、当園で撮った写真を、ＳＮＳに投稿するお客様が増えています。園の宣伝にもなるので、ほかのお客様のご迷惑にならない限り、とくに規制はしておりません。

それにしても、このミオという女性の投稿に〈いいね〉をつけているのは、いったいどういう人なのでしょうか。

コースターのときも、投稿してすぐに〈いいね〉がついていました。たまたまそのときにＳＮＳをのぞいていたのか、それとも、ずっと監視しているのか……。

なによりおかしいのは、このコメントです。

お友だちは観覧車の全体が入るように、彼女の上半身を撮影したのですから、足元は写っていないはず。

つまり、このコメントを書き込んだ人は、彼女の姿を直接見ているということになるのです。

そういえば、彼女はさっきから、遊びにきている遊園地の名前も、並んでいるアトラクションの名称も、ＳＮＳに上げていました。

多少時間があれば、場所を特定して駆けつけることも可能でしょう。

連絡を無視され続けた男性が彼女を追いかけてきた、というのでなければいいのですが……。

ウォーターシュート

お昼ご飯とデザートのソフトクリームを食べ終えると、わたしたちはフードコートをあとにした。

じりじりと照りつける日差しに汗をふきながら、次に乗るアトラクションを探していると、〈ウォーターシュート〉という看板が目に入った。

車でジャングルを走りながら、ウォーターガンと呼ばれる強力な水鉄砲で、途中にあらわれる動物たちを倒していく乗り物だ。

「ちょうど四人乗りだし、みんなでこれに乗ろうか」

お父さんの言葉に、楽が「わーい」とはしゃぐ。

乗り場に向かうと、やっぱり小さな子どものいる家族連れが多かった。

並んでいるあいだに、スタッフさんから説明を受ける。

車はジャングルに敷かれたレールの上を自動で走るので、わたしたちは運転しなくていいらしい。

途中で、森や川辺に動物の人形があらわれるので、的を狙ってウォーターガンで撃つと得点が入る。

「ちょっとかわいそうだね」

と言う楽に、

「でも、暑いから気持ちいいかもよ」

わたしは答えた。

おもちゃの銃ではなく水鉄砲なので、敵を倒すというより、水をかけてあげるという感じかもしれないと思ったのだ。

十分ほどで順番がきて、わたしたちは車に乗り込んだ。

屋根のないジープ型の車で、後部座席が一段高くなっている。

わたしと楽が前の席で、お父さんとお母さんが後ろだ。

「それでは、ウォーターシュート、レッツゴー！」

スタッフさんのかけ声とともに、車が走りだした。

はじめにあらわれたのは、大きなライオンだった。

すごくリアルで、人形とはわかっていても迫力がある。


ガオーーーッ！


ライオンが吠えて大きく口を開くと、中に赤い的がみえた。

みんなでいっせいに的を狙って水を撃つと、ふたたび「ガオーーッ」と吠えて、ぱたんと口を閉じた。

そのままするするとさがっていく。

どうやら、やっつけたようだ。

次にあらわれたのは、両手を上げた熊だった。

お腹に的があるので、みんなで撃つと、「グウウゥ……」とうなり声をあげながら、ぱたりと倒れる。

さらに進むと、今度はたくさんの猿が手に的を持って、木々のあいだにあらわれた。素早く動くさるたちに狙いをつけていると、的をくわえた鳥が飛んでくる。

ほかにもいろんな動物があちこちからあらわれるので、夢中になってウォーターガンを撃っていると、とつぜん木の陰から、Tシャツにジーンズという普通の格好をした若い男の人があらわれた。

わたしが反射的に引き金を引くと、水は男の人の顔に命中して、

「うわっ!」

と悲鳴をあげながら、すぐに森の奥へと姿を消した。

「え?」

わたしはびっくりした。

今のは本物の人間だ。

もしかして、お客さんが間違って迷い込んじゃったのかな——。

わたしが戸惑っていると、水色の制服を着たスタッフさんが、男の人のあとを追うようにして、森の中へと入っていった。

解説

ウォーターシュートは、小さなお子さまのいらっしゃるご家族連れに人気のアトラクションです。

ジャングルにさまざまな動物があらわれますが、的に水を当てると倒れたり、逃げていったりします。

もちろん、的になっているのはすべて作りものの動物で、本物の動物も、本物の人間もおりません。

ジャングルにとつぜんあらわれたのは、ヒーローショーで暴行事件を起こして逃亡中のレイジです。

ロッカーから自分の荷物を持って逃亡したレイジは、どこかで衣装から私服に着がえたのでしょう。

スタッフが追いかけているのですが、園内の地理にくわしいだけあって、なかなか捕まらないみたいですね。

定員オーバー

かたむきはじめた太陽の下。

白髪交じりの男性がひとり、ベンチに座って目の前をいきかう人びとをおだやかな表情で眺めていた。

今日は彼にとって、三十三回目の結婚記念日。

結婚前にはじめてデートをしたのがこの遊園地で、それ以来、結婚記念日には毎年妻と二人でくるのが習慣になっていた。

子どもはいなかったが、この三十三年間、二人で仲睦まじく暮らしてきた。

しかし、今から三か月前、彼の妻は病気でこの世を去った。

はじめてひとりでむかえた記念日、彼は遊園地にやってきて、朝から思い出を巡っていたのだ。

しかし、還暦を過ぎた彼にとって、遊園地で一日を過ごすのは体力的にきびしく、最後に〈サイクルレール〉に乗って帰ることにした。

隣り合わせに乗る二人乗りの自転車で、レールにそってぐるりとコースを一周するのだが、レールが高い位置にあるので、景色がいいし、けっこうスリルがある。

彼にとっては、初デートのときに乗った思い出のアトラクションだ。

列に並んで、レールをこぐ人の様子を見ていると、二人で乗っている人が多いけれど、ひとり乗りもちらほらと見られる。

奇数人のグループで遊園地にきて、あまってしまったのかな、などと想像しながら待っているうちに、順番が回ってきた。

彼はひとりで自転車に乗ると、ゆっくりとペダルをこぎはじめた。

コースのあちこちには、先を隠すように高い木が茂っている。

そういえば、結婚して何年目だったか、やっぱり最後にこの〈サイクルレール〉に乗ったとき、妻がペダルをこぎながら、とつぜん、

「これってなんだか、結婚生活みたいね」

と言いだしたことがあった。

「これって……〈サイクルレール〉のこと？」

彼がおどろいて、自分たちが乗っていた自転車を指さすと、

「そうよ」

妻は笑って、ペダルをこぐ足を止めた。

それでも彼がこいでいるので、自転車は進む。

どういう仕組みになっているのか、ひとりでこいでも二人でこいでも、ペダルの重さはそれほど変わらない。

「普段は二人で力を合わせて前に進むんだけど、どちらかが疲れて休んでても、もうひとりががんばったら、ちゃんと進んでいくの」

「おい、そんなこと言って、さぼるなよ」

彼は苦笑しながら、足に力を込めた。

やがて、木々の茂みの向こう側に急カーブがあらわれて、何度も乗っているはずの妻が、小さく悲鳴をあげた。

彼もびっくりして、思わず足が止まる。

そして、二人で顔を見合わせて、ともに笑った。

（二人で力を合わせたり、ときにはどちらかが相手を支えたり、思いがけない曲がり角があったり……たしかにまるで結婚生活みたいだな……）

レールの上を走りながら、彼は数十年にわたる妻との生活を思い返していた。

やがて、大きなカーブを曲がって乗降口まで戻ってくると、スタッフが駆け寄ってきて、あわてた様子で、

「隣の女の人は、どうされましたか？」

と聞いた。

「え？」

彼はおどろいて、自転車を降りながら聞き返した。

「隣の女の人？」

スタッフによると、コース終盤、最後のカーブを曲がりきったところで、男女の二人連れが乗っているのが見えたので、そのつもりで待っていた。

ところが、一組前に到着したお客さんを出口へ案内しているあいだに、女の人の姿が消えていたというのだ。

だから、もしかしたら自転車から落ちてしまったのかもしれない、と思ったらしい。

「それって、どんな人でしたか？」

彼がたずねると、スタッフはその女の人の特徴を答えた。

それを聞いて、彼はほほえんだ。

「だったら、大丈夫です。誰も落ちたりはしていませんよ」

解説

結婚してから三十年以上、毎年結婚記念日にこられているお客様のお話です。

奥さまを亡くされて、ひとりで来園されたとのことですが、サイクルレールに乗ったお客様のお隣には、奥さまが乗車されていたようです。

ここは、不思議なことが起こる遊園地。

また来年も、お待ちしております。

ミラーハウス

「あれってなにかな？」

安永さんが指さした方を見ると、普通の家をひと回り小さくしたような洋館が建っていた。

近づいてみると〈鏡の館〉と書いてある。

「ミラーハウスみたいだね」

ぼくは言った。

「ミラーハウス？」

「鏡を使った迷路みたいなものだけど……どうする？」

「入ってみたい」

安永さんが即答したので、ぼくたちは入口へと向かった。

人気のアトラクションではないみたいで、入場待ちの列はない。

青いバンドを見せて中に入ると、壁に大きな注意書きがあった。

・建物の中は、鏡とガラスでできた迷路になっています。
距離感がつかみにくいので、けっして走ったり急いだりしないでください。
・どうしても出られない場合は、館内の各所に設置してあるヘルプボタンを押してください。
・友だち同士でふざけたりおどかし合ったりしないでください。

最後に、「以上をかならず守って、鏡の館を楽しんでください」と書いてある。

ぼんやりとした照明のせいもあって、目の前にあるのが鏡なのか、それとも素通しのガラスで、その向こうの鏡が見えているだけなのか、判断しにくい。

たしかにこんなところで走ったりふざけたりしたら、鏡かガラスにぶつかってケガをするだろう。

ぼくたちは慎重に通路を進んだ。

それでも、しばらく歩くとちょっと慣れてきたので、ぼくは目の前の自分に向かって、右手を上げてみた。

すると――。

「あれ？」

ぼくはドキッとした。

鏡の前で右手を上げたら、鏡の中の自分は左手を上げるはずなのに、どういうわけか、鏡の中のぼくも右手を上げていたのだ。

「なんで？　どういうこと？」

ぼくが混乱していると、

「これ、たぶんトリックミラーだよ」

安永さんが、隣で同じように右手を上げながら言った。

「トリックミラー？」

「うん。あっちに説明が書いてあった」

どうやら斜め四十五度にした鏡を組み合わせて鏡同士で反射させることで、左右が逆転して映る鏡ができるらしい。

「へーえ」

ぼくは感心の声をもらした。

理屈はよくわからないけど、何度か反射を繰り返すことで、そういう風に見えるしかけができるのだろう。

ぼくがトリックミラーに向かって、右手と左手を交互に上げて遊んでいると、

「ほら、先に進もうよ」

安永さんがそう言って、ぼくの手を引っ張った。

さっきとは違う意味でドキッとしながら、ぼくが去り際に軽く手を上げると、鏡の中のぼくは少し遅れて、ニヤリと笑って手をふった。

開園当時は人気施設だったミラーハウスですが、最近では物足りなくみえるのか、あまりお客様が入っていないようです。

それでも、入ってみると意外と面白かった、という評判をいただいております。

ガラスと鏡でつくられた通路は、慣れているはずのスタッフでも迷うことがあるそうです。

そのミラーハウスのちょうど中盤に設置されたトリックミラー。

通常は鏡の前で右手を上げたら、鏡の中の自分は左手を上げるのですが、このミラーでは鏡の中の自分も右手を上げます。

これは、鏡をある一定の角度で組み合わせることで可能になるのですが……。

少し遅れて反応したり、手を上げただけなのに、ニヤリと笑って手をふったりするのは、いくら鏡(かがみ)やガラスを組み合わせても不可能(ふかのう)です。

どうやら、彼(かれ)は彼女(かのじょ)に気をとられて、その不自然(ふしぜん)さに気づく余裕(よゆう)はないようですね。

迷子

遊園地に迷子はめずらしくありません。

アトラクションから降りたとたんに、いきなり走りだしてしまったり、お土産を買っているあいだにはぐれてしまったり。

当園にも迷子センターがあって、休日には何十人というお客様がこられることもありますが、ほとんどの場合はすぐに見つかって保護されます。

でも、万が一、見つからなかったら――。

これは、ある遊園地でほんとうに起こった（かもしれない）怖いお話です――。

ある日曜日、メグは夫と子どもたち――十歳のアンと四歳のケンの姉弟と一緒に、大きなテーマパークにやってきた。

朝から一日中遊び回って、帰り際にベンチで休憩していると、ケンがトイレにいきたいと言いだした。

トイレはベンチの正面にあるし、疲れていたので、メグと夫はひとりでいかせることにした。

ところが、いつまで経ってもケンが戻ってこない。

夫とメグは交代でトイレを捜したが、ケンの姿はどこにもなかった。

どうやら気づかないうちにトイレを出て、どこかにいってしまったようだ。

メグと夫は、迷子センターに駆け込んだ。

黒髪で赤いトレーナーとジーンズの四歳の男の子が迷子です、と園内放送をしてもらうと、姉のアンをセンターにあずけて、夫と一緒に捜し回る。

しかし、いっこうに見つからない。

やがて、閉園時刻の十分前になり、メグたちは最後の望みをかけて、出口のゲートの近くで捜すことにした。

楽しい一日を過ごして笑顔で帰っていく家族連れを、祈るような思いで見つめるが、ケンらしき男の子は見つからない。

そんなメグたちの前を、ひげを生やした大きな男性が、眠っているピンクのワンピースを着た金髪の子どもを抱っこして通り過ぎていく。

力なく肩を落としていたメグは、ハッと表情を変えると、とつぜん走りだして、その男性に飛びついた。

パークの警備員たちは、メグがやけになったのかと思って止めようとしたが、メグはそれをふりきって、男性から子どもをむりやり奪い取った。

そして、子どもの頭から金髪のかつらをはぎ取った。

「ケン！」

メグの夫が悲鳴のような声をあげる。

そこにいたのは金髪の少女ではなく、黒髪の男の子だったのだ。

メグは泣きながら、ケンを強く抱きしめた。

世の中には、悪いことを考える人間がいるものです。

誘拐犯は、パークのトイレでケンに目をつけると、睡眠薬で眠らせました。そして金髪のかつらをかぶせ、服を全部着がえさせて、連れ去ろうとしたのです。

しかし、メグは金髪の子どもが、ケンとまったく同じ靴下をはいていることに気づいたのでした。

逃げようとした男性は警備員に捕まり、これがきっかけで、国際的な誘拐グループが摘発されたそうです。

あおり運転

ウォーターシュートのあとも、空中ブランコやメリーゴーランド、ケロッピョン（二回目）と立て続けに乗って、気がつくと、だいぶ太陽もかたむきはじめていた。

家までかかる時間を考えると、あとひとつかふたつぐらいで帰らないといけない。

「ほかに乗りたいものはないか？」

お父さんが楽に聞くと、

「車のやつに乗りたい」

楽は元気よく答えた。

「車だけじゃあ、わからないな」

お父さんは苦笑して、園内マップを広げた。

「どの車のやつだ？」

「これ」

楽が指さしたのは、ゴーカートだった。

場所もゲートに近いので、ちょうどいい。

いってみると、男の子を中心に、まあまあ並んでいた。

ゴーカートは三歳から乗れるんだけど、九歳までは保護者と一緒でないといけなかったので、楽はお母さんと、わたしはひとりで乗ることにした。

アクセルとブレーキだけのカートに乗って、一周約一分のコースを五周して速さを競うらしい。

楽とお母さんは十台中の前から六番目、わたしは七番目からのスタートだ。

ピッ、ピッ、ピーーーッ

本物のレースみたいな電子音を合図に、十台がいっせいに走りだす。

ブロロロロロ……。

シートの後ろから、本物そっくりのエンジン音が流れてきた。

乗っているのは、ほとんどが子どもなので、運転はうまくない。

だけど、車の周りは太いゴムのようなものでぐるりとガードされているため、ぶつかっても安全だった。

日頃からゲームできたえているのか、楽が意外とうまい運転を見せて、順位を上げていく。

わたしもなんとか追いかけようとするけど、アクセルをいくら踏んでも、スピードはそれほど上がらないし、思ったよりもむずかしかった。

それでも、なんとか前の車を抜こうとしていると、ドン！

とつぜん、強い衝撃を受けた。

ふり返ると、同い年くらいの男の子が、斜め後ろにぴったりと張りついて、わたしをにらんでいる。

どうやら、狙ってぶつかってきたみたいだ。

わたしがにらみ返すと、男の子は口を開いてなにか言ってきたけど、エンジン音のせいで、なにも聞こえない。

わたしはあきらめて前を向いて、男の子から離れようとした。

だけど、運転技術の違いなのか、すぐに追いつかれて、また後ろからあおられる。

まさか、遊園地であおり運転をされるとは思わなかった。

意地でも抜かされないぞと思っていると、客席で見ていたお父さんが、わたしの後ろを指さしてなにか叫んだ。

たぶん、あおっている車に文句を言ってくれているのだろう。

気がつくと、もう四周を終えて、次が最後の一周だ。

なんだかわたしも熱くなってきた。

わたしはハンドルをにぎり直すと、前のめりになって楽たちを追いかけた。

解説

このあと、スタッフは遠隔操作でゴーカートの電源を強制終了して、すべてのお客様を出口まで誘導しました。

じつは、お姉さんが乗っていたカートの後ろから、火が出ていたのです。

原因は、モーターの過熱。

後ろの車の男の子は、お姉さんをあおっていたのではなく、危険を知らせてくれていたのでした。

お父さんが叫んでいたのも、後ろの車への文句ではなく、火が出ていることを教えようとしていたのです。

さいわい、ケガ人が出ることはありませんでした。

乗車されていた十組のお客様には、お詫びとして、当園のマスコットキャラクターであるピエロのぬいぐるみをお渡しいたしました。

プロポーズ

遊園地は夕陽に赤く染まりはじめていた。

ケンジは隣を歩くマユミの顔をチラッと見ると、緊張をほぐすように、そっと深呼吸をした。

それから、高台の上で回転する観覧車を指さして、

「最後に、あれに乗って帰ろうか」

と言った。

「うん、いいよ」

高台に向かって並んで歩きながら、ケンジは心の中で、ひそかにある決心をかためていた。

（――観覧車のてっぺんで、マユミにプロポーズをするぞ）

ケンジとマユミは同じ会社に勤めている。

ケンジの方が二年先輩で、マユミが入社して一年後に交際がはじまり、もうすぐ五年目だ。

最近、会社の同僚の結婚式が続いて、二人のあいだでもなんとなく結婚の話題が出るようになっていた。

だけど、今のところ具体的に話が進んでいるわけではない。

そこでケンジは、今日、はっきりとプロポーズをするつもりで、マユミを遊園地に誘ったのだ。

観覧車の行列に並んでいるのは、やはりカップルが多かった。

「ねえ、見て。変わったゴンドラがあるよ」

近くまできたところで、マユミは足を止めて観覧車を見上げた。

視線の先に目を向けると、全面ガラス張りのゴンドラがゆっくりと下りてくるところだった。

「ああ、あれはシースルーのゴンドラだよ」

ケンジは答えた。

壁も床も天井もガラス製の、外が透けて見えるゴンドラで、たしか数十台のうち一台か二台しかないはずだ。

あんなのに乗ったら、怖くて落ち着かないと思うけど、ああいうのが好きな人もいるのだろう。

「なに色のゴンドラになるかな」

次々と下りてくる色とりどりのゴンドラを目で追いながら、マユミが無邪気な口調で言った。

「シースルーに当たったら、どうする?」

ケンジが聞くと、

「うーん……」

マユミは少し考えてから、

「ちょっと乗ってみたいかも」

と答えた。

それもいいかもしれないな、とケンジは思った。

もしそうなれば、プロポーズは確実に記憶に残るものになるだろう。

二人の前に並ぶ人の列が、段々短くなっていく。

やがて、二人の順番になって下りてきたのは、ピンクのゴンドラだった。

「足元にお気をつけください」

スタッフにうながされて、先にゴンドラに乗り込もうとしたケンジは、少しギョッとした。

ゴンドラの本体はピンク色なのに、床の部分だけが透けて、乗り場の床の緑色が見えていたのだ。

どうやら足元だけがシースルーになっているタイプのようだ。

全面シースルーだと、さすがにちょっと落ち着かないけど、これくらいならスリルも味わえて、ちょうどいいかもしれない。

ケンジが座席に腰を下ろすと、マユミも乗り込んで向かいに座る。

計画では、てっぺんが近づいたときにマユミの隣に移動して、プロポーズをきりだす予定だった。

そのための指輪も、ちゃんとポケットに入っている。

きっと、一生の思い出になるだろう。

ガチャン

扉が閉ざされて、外から鍵がかけられる音が響いた。

ゴンドラが乗り場を離れて、ゆっくりと上昇していく。

足元からすずしい風が吹き込んできた。

マユミの顔に緊張がはしる。

ケンジは、胸の鼓動が一気に高まっていくのを感じた。

解説

最近は、シースルーのゴンドラがある観覧車も多いですね。

ケンジさんは観覧車のてっぺんでプロポーズをするという計画を立てて、恋人のマユミさんとともにやってきました。

そんな彼らが乗り込んだのは、床だけがシースルーになっているゴンドラ……ではありません。

当園のシースルーは一台だけなのです。

原因はわかりませんが、どうやら床が抜け落ちたようです。

乗り込むときは、ちょうど乗り場の床がゴンドラの真下にあったので、気づかなかったのですね。

当然、てっぺんでマユミさんの隣に移動するという計画も中止。

お二人には大変申しわけないことをしてしまったので、お詫びに一年間有効のペアパスをお渡しいたしました。

このペアパス、ただの年間パスとは違って、二人がそろっていないと使えないパスなのです。

ぜひこれを使って、二人の仲を深めていただきたいと思います。

デート　エピローグ3

夕方になって、ニュースターランドを出たぼくたちは、バスの一番後ろの席に並んで座った。

横顔をちらちらと見ながら、今日は楽しんでもらえたかな、と思っていると、

「今日はありがとう。楽しかった」

安永さんが、まるでぼくの心を読んだみたいに、にっこり笑った。

「ほんと？　よかった」

ぼくはホッと胸をなで下ろした。

「次のデートは、どこに連れていってくれるの？」

安永さんの問いに、ぼくは少し考えてから答えた。

「お寺なんかどう？」

「お寺？」

「大学の近くに、小さいけど池とか庭がきれいなお寺があるんだ」

「へーえ、面白そう」

「安永さんは、どこにいきたい？」

「うーん……やっぱり映画かな」

「なにか、おすすめはある？」

「友だちから聞いて、ちょっと気になってるミステリーがあるんだけど……」

「ただいまー」

わたしが遊園地から帰宅して、洗面所でロングヘアーのかつらを外していると、

「お帰りなさい、かおりちゃん」

後ろから声をかけられた。

ふり返ると、パジャマ姿のさおりが立っていた。

「さおり、起きてていいの？」

「うん。お昼ぐらいから、だいぶ気分もよくなったから、もう大丈夫だと思う」

さおりはほほえむと、すぐに心配そうな顔になって、

「それで、かおりちゃんはどう思った？」

と聞いた。

「うん、いいんじゃない」

そう言うと、さおりの表情はパッと明るくなった。

わたしはフフッと笑って、冷蔵庫から麦茶を取り出しながら、

「次のデートは映画だからね。ジャンルはミステリー」

と告げた。

「ちょっと、人のデートの予定を勝手に決めないでよ」

「だったら、今度はちゃんと体調をととのえておきなさい」

わたしの言葉に、さおりは首をすくめて、

「はーい」

と素直に返事をした。

わたしの名前は安永かおり。さおりとは一卵性の双子だ。

同じ高校を卒業して、別々の大学に進学したんだけど、大学がそれほど離れていなかったので、今は実家を出て、二人でマンションに暮らしている。

今日はとくに予定もなかったので、朝起きて、なにをしようかなと考えていたら、最近、同じ大学に彼氏ができたというさおりが、青い顔で部屋から出てきた。

デートの約束があるのに、朝から頭痛がひどいらしい。

もともと体が弱いので、無理しない方がいいと言うと、直前で断るのが申しわけないと顔をしかめる。

そこで、「だったら、わたしが代わりにいってあげようか」と提案したのだ。

じつは、高校生のときもさおりのふりをして、さおりの彼氏とデートにいったことがあった。

あのときは、さおりの方から、

「彼氏に一度会ってみてほしい」

と言ってきたので、

「だったら、普段の態度が見たいから、さおりのふりをして会ってきてもいい？」

ともちかけたのだ。

もともと、小学校の頃からたまに入れかわって習い事にいったり、友だちと遊びに出かけたりしていたけど、ほとんど気づかれたことはなかった。

今回も、デートはまだ三回目だというから、ばれる心配はないし、わたしも姉として、妹の彼氏がどんな人なのか興味がある。

さおりは「彼をだますのは……」としぶっていたけど、

「デートをドタキャンするよりはましでしょ」

わたしが強く説得すると、しぶしぶ同意した。

そして、一日一緒に過ごしてみた結果、けっこういい人だな、というのがわたしの結論だった。

これならさおりをまかせられる。

「まあ、わたしがさおりじゃないって見抜けなかったのは、減点だけどね」

わたしがつけ加えると、

「それはちょっときびしくない？」

さおりは口をとがらせて抗議した。

昔、入れかわったときも、見抜けたのは家族かよっぽど仲のいい友だちだけだったのだ。

つき合って一か月半の彼氏では無理だろうなと思っていると、

「あ、彼から」

さおりがうれしそうな声をあげた。

スマホにメッセージが届いたらしい。

「なんて?」

「えっと……今日はありがとう。すごく楽しかったです。疲れたでしょうから、ゆっくり休んでください」

さおりはそこで言葉をとぎらせると、スマホの画面をこちらに向けながら、にっこり笑った。

「――って、お姉さんにお伝えください、だって」

解説

彼とデートしていたのは、じつは彼女の双子のお姉さんでした。

だけど、彼はしっかり見抜いていたみたいですね。

じつは、デート中にお姉さんはぼろを出しているのです。

実家の話題が出たとき、彼に「そんなに似てるの？」と聞かれたお姉さんは「たしかに似てるわね」と答えています。

もともとは自分が言った台詞のはずなのに、まるでひとごとのような答え方です。

とはいえ、見た目はそっくりでも、性格は違いますから、お姉さんのミスとは関係なく、彼氏は入れかわりに気づいていたのかもしれませんね。

今度はぜひ、妹さんとのデートでお越しください。

帰宅　エピローグ2

手首の青いバンドを外してもらってゲートを出ると、わたしたちは車に乗ってニュースターランドをあとにした。

アーチまでの道を走っていると、いきに見た看板の裏側に、帰るお客さんに向けたメッセージが書かれていることに気がついた。

〈ご来園　ありがとうございました〉
〈またのお越しを〉
〈お待ちしております〉

楽が看板を真剣に見つめながら、

「なんて書いてるの？」

と聞いてきたので、

「またきてね、だって」

わたしが答えると、楽は窓の外に向かって、

「またくるねー」

と大きく手をふった。

家に帰ってからだと遅くなりそうだったので、途中のファミリーレストランで夜ご飯をすませて高速道路に乗ると、楽はすぐに寝息を立てはじめた。

「一日はしゃいでたからね」

お母さんは楽の寝顔を見ながら、そう言って笑った。

わたしもひさしぶりに、遊園地でめいっぱい遊ぶことができて楽しかった。

これも、お母さんがチケットを当ててくれたおかげだ。

「またネットの懸賞で、なにか当ててね」

わたしが後ろの座席から身を乗り出すと、

「そうね。今度は、海外旅行でも狙おうかな」

お母さんはそう言って笑った。

途中で少し渋滞していたこともあって、家に着いたときにはもう夜の九時を過ぎていた。

ガレージに車を停めて、お父さんが眠っている楽を抱き上げる。

わたしが楽のリュックを持って車を降りると、

「きゃーーーっ！」

先に鍵を開けて家に入ったお母さんの悲鳴が聞こえてきた。

「どうしたんだ！」

「どうしたの？　大丈夫⁉」

お父さんとわたしが家に駆け込むと、お母さんはリビングに入ったところで立ち尽くしていた。

後ろからのぞき込んだわたしは、

「なにこれ……」

とつぶやいた。

部屋の中が、めちゃくちゃに荒らされていたのだ。

戸棚はすべて開け放され、ソファーの上には服やものが散乱し、大型の液晶テレビがなくなっている。

まさか……泥棒？

わたしはがく然とした。

最近この辺りに空き巣が多いという話を聞いていたので、留守だとばれないよう、電気もテレビも点けっぱなしにして出かけたのに……。

わたしたちが言葉を失っていると、

「ん……もうおうち？」

お父さんの腕の中で楽が目を覚ました。

楽はリビングの光景を目にして、

「うわー、どうしたの、これ」

と目を丸くした。

「泥棒が入ったみたいなの」

わたしが答えると、

「えー、そうなの？　でも、お出かけしてるのがどうしてわかったんだろう」

楽は無邪気に言った。

その言葉を聞いて、わたしはハッとした。

解説

遊園地で一日楽しく過ごして、帰ってきた家族を待っていたのは、空き巣に入られて、めちゃくちゃに荒らされた自宅でした。

これは偶然ではありません。

懸賞が当たったといって、家族全員分の日時指定のチケットを送り、留守を狙って空き巣に入るという手口が、最近はやっているようなのです。

みなさんも、うまい話にはご注意ください。

閉園　エピローグ１

何周目かの「蛍の光」が流れ終わると、入場者はすべて帰ったのか、園内はひっそりと静まり返った。

「お疲れさま」

尾崎さんが、おれの肩を叩いてにっこりと笑う。

「四条くんが、飲み込みが早くて助かったわ」

「こちらこそ、ありがとうございました」

おれは頭をさげた。

なんだか普通じゃないことも起こった気がするけど、無事にバイトを終えることができそうだ。

心残りは、ヒーローショーの暴行犯が見つからないまま、閉園時刻になってしまっ

たことだった。

敷地全体だとかなりの広さがあるので、逃げ回っている人を見つけだすのは大変だなと思っていると、落ち着いた声で、園内放送が流れてきた。

〈縞長市からお越しの、広田レイジさま。縞長市からお越しの、広田レイジさま。至急、スタッフルームまできてください。もしこなかったら……どうなるかわかってますよね〉

営業時間中の放送に比べて、かなり物騒な内容だ。

「今のは園長の声よ」

尾崎さんが教えてくれた。

「これって、どういう意味なんですか？」

おれが聞くと、

「そのままの意味よ」

尾崎さんはやさしくほほえんだ。

「ここでは、園内の安全を乱すものは、絶対に許さないの」

許さないってどういうことなんだろうと思っていると、しばらくして遠くの方から、

「ワーーーーーッ！」


という男性の叫び声が聞こえてきた。

おれがかたまっていると、若い男がこちらに向かって、必死の形相で走ってくるのが見えた。

そのすぐ後ろを、花の種を配っていたピエロが怒りの表情で追いかけてくる。

さらにピエロの後ろには、開園前にミニＳＬに乗っていた人たちの姿があった。

よく見ると、どの人も体が透けている。

若い男は、ゲートまであと十メートルくらいのところでピエロに捕まった。

そして、そのまま体が透けた人たちの集団に飲み込まれていった。

目の前の出来事に、おれが呆然としてかたまっていると、

「ここでは、こうやって安全が保たれているの」

尾崎さんはなんでもないことのように言った。

そして、

「気が向いたら、またバイトにきてちょうだい。見える人は大歓迎よ」

そう言うと、さっきの人たちと同じように、体がだんだん透けていって、やがて空気に溶けるように姿を消した。

解説

当園では、お客様の安全をおびやかしたり、園の平和を乱すものは、けっして許しません。

そのために、さまざまな人や、人以外のものを雇って、働いてもらっています。

安全に楽しい時間を過ごすことのできる、ニュースターランド。

ほかではできない体験が、できるかもしれません。

みなさんも、ぜひお越しください。

緑川聖司（みどりかわ・せいじ）
大阪府出身。2003年『晴れた日は図書館へいこう』（小峰書店）で第1回日本児童文学者協会長編児童文学新人賞の佳作となりデビュー。主な作品に「本の怪談」シリーズ、「怪談収集家 山岸良介」シリーズ（ともにポプラ社）、「七不思議神社」シリーズ（あかね書房）などのほか、『世にも奇妙な物語』（集英社）、『炎炎ノ消防隊』（講談社）のノベライズなども手がけている。

カバー・本文イラスト　**熊谷ユカ**

カバー・本文デザイン　**出待晃恵**（POCKET）

意味がわかるとゾッとする
怖い遊園地

2024年 7 月15日　初版発行

著　者　緑　川　聖　司
発行者　富　永　靖　弘
印刷所　株式会社新藤慶昌堂

発行所　東京都台東区 台東２丁目24　株式会社　**新星出版社**
〒110-0016　☎03(3831)0743

ISBN978-4-405-07390-6

『謎解きホームルーム』ISBN978-4-405-07324-1／『謎解きホームルーム2』ISBN978-4-405-07337-1
『謎解きホームルーム3』ISBN978-4-405-07344-9／『謎解きホームルーム4』ISBN978-4-405-07349-4
『謎解きホームルーム5』ISBN978-4-405-07361-6

1話10分で解決！ 9作品掲載！
珠玉のアンソロジー
1話
10分
謎解きホームルーム
シリーズ
一般社団法人日本児童文芸家協会【編】
きみに
この謎が
解けるか!!!!
ヒントはすべて
本の中に！

ようこそいらっしゃいました――
意味がわかるとゾッとする
怖い遊園地
ISBN978-4-405-07390-6
意味がわかるとゾッとする
怖い博物館
ISBN978-4-405-07369-2
意味がわかるとゾッとする
怖い図書館
ISBN978-4-405-07356-2
緑川聖司【作】
シリーズ恐評発売中